Heartless Love

空心爱

周苏婕 著

上海文艺出版社

目 录

序：安静却不安分的美丽才女（柴智屏 作）

盲人摸象	01
溏心爸爸	32
隐形备胎	60
防狼小队	74
女孩们的友谊	102
空心爱	122
漂亮的女作家	166
一个女人的死亡之谜	192
后记：生活的弱者，文学的暴君	239

序

安静却不安分的美丽才女

第一次看到苏婕的文章，是她22岁时写的一篇有关爱情的短文，内容充满了一种幽默又自嘲的风格，却掩饰不住女孩的纯真。因为很吸引我的注意，就约了她见面聊聊。初次见面，原以为会像文字一样，是个活泼健谈的女作家，没想到却是长相美丽妆容精致的美女，吃饭席间，她几乎一句话都没说，连抬眼看我似乎都没有。我心想，要不是她太过安静自闭，就是我的杀气太重，让她不敢造次。

后来，我跟芒果影视合作《流星花园》，邀她来台湾一起写剧本。她依然是开会安静吃饭安静，不太说话的样子，但工作倒是非常认真。她说这是第一次写连续剧的剧本。我永远记得她战战兢兢带着温顺的表情，一改再改同一个本子，任劳任怨从不拖稿。只有带着她吃台湾美食的时候，才会露出有着漂亮牙齿的笑容。最后所有的编剧都纷纷离开了，只有她陪着我坚持到最后。

又过了三年，我看当时一起写剧本的其他编剧，纷纷接了很多工作，只有她，耗费三年的时间，老神在在地写着她一心想完成的那两本书。在这本短篇小说集《空心爱》里，她表现了很多对于这个社会，不论是爱情或是友情或是亲情的生命议题。她的文字温柔却很直接，细腻却又大胆，常表现出淡淡的哀伤与浓浓的欲望，掩盖不住对自己与周遭的关切与理想。我想，她就是不甘心当一个美女而已！而这样的苏婕让我非常喜欢，也为她的文字着迷，着迷于她那安静的外表下，那个不安分的灵魂！

柴智屏

2021 年 3 月 22 日

（序作者系著名影视制作人、出品人、偶像剧教母，代表作《流星花园》）

献给我的爸爸
因为有他，我才能追随本心

盲人摸象

1

在别人看来，白杉杉最擅长的事就是换男友。换男友还不算厉害，厉害的是她要深情就深情，要狠心就狠心。笑容里随时露一截白骨，泪水动不动涌成皮肤。不是演技好。无法爱任何一个人的意思是，也可以爱上每一个人。

杉杉喜欢自己像一条睡裙湿答答地挂在男友身上，更喜欢被他们扳着脸颊，一遍又一遍地告白，杉杉，你真美，杉杉，我爱你。每到这时，她心中的邪恶都忍不住长出手脚，喃喃自语，你真的懂什么叫爱吗？你真的会爱一个人吗？她迫不及待了，勾引："既然这么爱，那你能为我杀一个人吗？"有人冻住了。有人落荒而逃。有人故作镇定地反问，要杀谁，为什么要杀。杉杉嫌弃这种话多的男人，管这么多干吗，你先说能不能吧。恐惧在男人的脸上扎根，从脚底发芽，她知道他心里在说，算了，我还是换一个人爱吧。

恋情往往在这个地方终结。从头到尾，杉杉不过是想等一个能为她杀人的人，但等来等去，也没见着谁的胆子比嘴大。时间一长，别人看杉杉的眼神就异样了。男友多不是问题，要能解释出这个怎么不好，那个怎么处不来，大家也不是不能理解。可让人看不惯的，正是白杉杉脸上那股懒得解释的傲慢。都是一个屁股两个鼻孔的，凭什么她说谈就谈，说甩就甩。凡事都要理由，没有理由就得硬掰，不然这日子没法过。最后大家只好笑里藏刀地夸，怎么是花心呢，那叫有魅力！这话放外面也就放了，风一吹，散得没头没尾。可要是像一道菜摆在年夜饭的餐桌上，谁能不夹一口尝尝味道？

今年家族聚餐上，白杉杉就被摆上了桌。一圈转下来，她已经被筷子戳得七零八落。大舅满嘴飞菜地问："杉杉你明年大学毕业，工作还没着落吧？"三舅妈削下一个白眼："工作好不如嫁得好，杉杉这么花枝招展，还愁没好日子过？"二姨倒是不紧不慢，把她放进醋汁蘸了个遍："虽说杉杉经验丰富，但找男友和找老公可是两回事。多向你妈学习学习，去哪儿找你爸这么好的老公！"这下，三舅妈的嘴比刀还快："就是就是，多大年纪了，把她宠的哟！"

听到这，杉杉爸的脸忽然被烤熟："哪里的话，女孩子还是要独立，成绩好很重要。"杉杉妈小鸡啄米似的应和："没错，杉杉要是像她姐姐那样就好了！"瞬间，沉默冻成了玻璃，空气里只有玻璃划玻璃的声音。杉杉妈懊恼地锁住嘴，可来不及了。杉杉面如死灰，只觉得爸妈残忍。为了不让自己被过多议论，就转移到更骇人的事情上。真理就是这样的，别人眼中的一口好菜，在自己嘴里反而成了一颗毒药。毫无疑问，比白杉杉大两岁的白薇薇，是这个家族里最拿得出手的压轴菜。珍贵到没人敢伸筷，没人敢说一句不好。

像姐姐那样，可姐姐是哪样？回味过太多遍，都成了一种传统。杉杉几乎能背下他们的对白。大舅首先表态："薇薇这孩子太懂事，三岁就知道拿糖给我吃。"二姨用舌头抹着酱汁："回回考全校第一，我怎么就生不出这么聪明的丫头？"三舅妈反复咀嚼着："聪明归聪明，关键是漂亮。两个梨涡比糖还甜，哪个男孩子看了不喜欢？"

别人家的孩子越是不好，就越要说他好。自己家的孩子越是好，就越要说不好。人就是这么别扭，但大家都别扭，也就不别扭了。杉杉看着爸妈虚伪地说过奖过奖，知道自己怎么也躲不过这场严酷的审判。有了坏女孩的陪衬，好女孩做什么都是好的。想到这，杉杉嘴角的笑容都残疾了。姐姐那么瘦，却让她走哪儿都觉得拥挤。

出了饭店，杉杉爸一把将杉杉妈揽在怀里，半是呼气半是感慨："看来大家还是很关心薇薇啊。"杉杉妈点点头，眼神游到夜空中，有一种吃饱喝足的满意。杉杉独自在后面，站成一具尸体。没人关心她是不是在棺材里喘不过气，也没人在意她猝死后要埋在哪儿。多余的人连呼吸都是一种罪恶。长辈们的热情也是假的，年年是一样的问法，一样的调侃。装冷漠也不行，这样显得自己更不懂轻重。人家是顶着微笑拷问，总不能一上去就把羊皮给掀了吧。和杉杉爸妈一样，以爱的名义绑架，是世界上最高明的手段。

甜蜜了会儿，他们才想起身后杵着一个拖油瓶。杉杉爸转过头："我们回家吧，薇薇一个人在家会寂寞的。"这口气里有笑却是苦笑，有海却是死海。杉杉明白，爸爸十句有三句离不开薇薇。杉杉妈还是一如既往地苛刻，边走边叮嘱杉杉："过年归过年，但也记得看书。别忘了你还要考公务员，现在工作这么难找……"杉杉看着妈妈的嘴一张一合，却什么都没听见。直到进家门，她才把耳塞拿下来。真好，少吵一场架。

杉杉知道有人的家是港湾，有人的家是战场，而自己的家是坟墓。睡在里面，好像标本被泡傻了。满屋的香火味无缝不钻，每分每秒都逼着她打捞七年前的记忆。五官是散的，皮肤也拼不起来。杉杉手里一堆残渣，却无人诉说。

此时，杉杉妈又点了一炷香。好笑的。香火不断，也不见得人丁兴旺。杉杉爸在供台边微张着嘴，像是要把白薇薇的骨灰盒吃进去。更好笑了，杉杉怕他消化不良。"挺好，薇薇永远活在十六岁。"杉杉妈插上香,语气里铺一条鹅卵石小路。杉杉爸想说什么又止住,话走到一半被石头割伤了。没过多久,血没渗出来,眼泪倒淌下来了。

杉杉就想问问那些前男友,杀掉一个已经死掉的人,这很难吗?

2

大三暑假,张柔用断了经济来源的方式,逼着白杉杉回家。她就不信这死丫头在外面能干什么正事,回来了好歹能逼着她学习。生活很不讲道理的,明明是为女儿好,可到头来,她要她做的每一件事都成了一种逼迫。

张柔不懂的事太多了。作为家庭主妇,她的腿停在每一块饱食灰尘的地板,两只手在刀砧板上曝晒,在油锅里绞刑,鼻子冲进堵塞的下水道,左眼鞭策杉杉,右眼监视老公。没有多余的器官了,最后只能凭直觉感受薇薇的存在。她全身心地把自己掏空,几乎到了忘我的地步,但反过来,又有谁说她一句好?男主外女主内,老公只觉得那是她的义务;杉杉生下来就作对,给多少次爱,她就多少次窒息;都说薇薇懂事,但女儿比妈妈先死,难道不是最大的不懂事吗?

会过日子的人，可能最不会动脑子。这和泥石流里挣扎越多、陷得越深是一个道理。张柔索性装植物人。大脑停滞，丝毫不影响她维持家的整洁。当然她不知道，老公白钢在办公室的工作也是差不多的性质。她还嫌他挣太少，这么多年都没涨薪水。要说真不动脑子也是假的，张柔最头疼的就是做饭。三个人四菜一汤，有人不吃猪肉有人要吃辣，有人嫌菜太家常，有人压根没胃口。张柔恨白钢那种轻飘飘的口气。"吃不掉就倒掉好了，家里又没穷到这种地步。"倒不是可惜，只是这让她在菜场上脸红脖子粗的还价，显得毫无意义。

究竟为什么要和小贩争那几块钱？张柔也茫然了。她只觉得整日被女儿反抗，又走不进老公内心，如果连一点鸡鸭鱼肉的价格都争取不来，她这辈子到底还能做什么？没人懂她内心那隐秘的挫败感。也不好说出口，太羞耻。张柔微妙不明的态度，让白钢和杉杉陷入困惑。说吃不下了，她脸上挂满闪电；说太好吃，她又一个劲地加量。搞不清究竟是食物为人准备的，还是说人是食物的奴隶。

但外人说白钢宠老婆，也不是瞎掰。白钢心里清楚，说好听点叫宠，说难听点叫息事宁人。如果嘴上动得不多，那手上就要多动一点。离开饭桌后，浇个花、晾个衣服、切一盘不动脑的水果，也就躲过一场腥风血雨了。杉杉就不懂这个规矩。解决不了饭菜，又懒得干活，那总得为这个家贡献点什么，黄脸婆才能心理平衡吧。只好看成绩了。偏偏杉杉又不是学习的料。想到这，白钢怀念起薇薇。多么灵巧的一个丫头，都快不记得她的模样了。思绪逆流，才发现自己走到了薇薇的房门口。到都到了，不如再进去待一会儿吧。

杉杉一见爸爸进薇薇房就来气。明明他是最该调解母女关系的人，但他总那么轻巧，那么置身事外。假装看不到妈妈畸形的压迫，假装不了解自己在姐姐阴影下长大的苦衷。杉杉有杉杉的难。不是不想帮，可水果刀一拿起来，妈妈的声音就正中靶心："你书看完了吗？你考得上公务员吗？"反正她做什么都是错的，她做什么都比不上姐姐。她一生下来，爸妈就想把她丢掉了。不知从哪天开始，趁张柔出门买菜，杉杉就偷溜出去，直到深夜才回来。她说家里香火味太重看不进书，她说要和同学在图书馆讨论题目。但在张柔看来，她说来说去，就是不想在家多待一分钟。

"你到底和谁出去鬼混了？这么大的女孩还知不知道检点？"张柔很会挑，每次都是道德高地。"你管我干吗？我又没杀人放火！"杉杉说这话是心虚的。但越心虚，声音就越要高。她有自己的计划。她要做什么，她想得到什么，永远都不会和爸妈说。永远不会。这时白钢又装残废，反正他听不懂中文。这么多年，他太了解张柔的脾气。一件事就是一件事，但她总能从一件事里扯出无数件。明明是杉杉晚回家的问题，最后演变成他的低薪、他的失败、他连一个女儿都养不活的无能。他受够了。战火继续着，白钢却像一个无辜的拾荒老人，在自己家里迷了路。

"你怎么一点都不像你姐呢？"张柔搬出最狠的一句。

"姐姐姐姐，你们永远只爱姐姐！"杉杉哭得丢了眼睛丢了嘴巴。

张柔一听更来气了，几乎是心脏骤停地咆哮："白薇薇到底是怎么死的难道你忘了吗？"

原来还有更狠的一句。杉杉不说了。她索性把整张脸都丢掉。她知道她不该活着，七年前那个夏天，被车撞死的应该是她。怎么会是姐姐，怎么能是姐姐。要说打心眼里恨薇薇，还是从杉杉小时候学钢琴开始的。在那之前，姐姐几乎做什么成什么。杉杉只觉得妈妈偏心，怀孕时把天赋都给了头胎。姐姐会的太多，也不用多学一样。于是钢琴成了妈妈惩罚自己的手段，让自己时不时被人看笑话的道具。

杉杉有努力过。但很重要的一次比赛上，她紧张得手心出汗。命运就是这样，只要错一个音，后面就都错了。回家路上，薇薇不停安慰。只是她安慰得越起劲，杉杉越觉得她在炫耀。妈妈阴着脸不说话，杉杉只瞄一眼就瘪了下去。那么光滑的皮肤，怎么生出白杉杉这种伤口？从此，只要是妈妈觉得对的，杉杉就认定是错的。而她强烈反对的，杉杉就掏心掏肺地去渴求。既然怎么做都没法讨好你，那就努力让你恨我吧。

只是被人恨也没那么容易。要假装喜欢无法忍受的东西，要顶着主流的压力给自己洗脑，要装出一种干坏事也很享受的姿态，杉杉觉得这比考试还累。但久而久之，她也不记得自己到底是谁。那次比赛后，杉杉在妈妈面前再也没好好弹过钢琴，每个音都瘸了腿似的砸脸上。可张柔不知道，只要杉杉一人在家，她就戳在琴凳上，弹得满脸涟漪。没人要知道她喜欢钢琴，也没人要知道她爱妈妈。

张柔放弃了钢琴。她没别的要求，只要杉杉成绩凑合，过一个普通人的生活就好。可她想不通，有人天生读不懂题背不出公式，就算二十四小时学到死，杉杉还是溺水。其实杉杉很想安慰妈妈说，幸好我的用功是你拿鞭子抽出来的，要是我主动用功还那么糟糕，你还不如跳楼。

也是此刻，杉杉发现家里有个病态的传统，做事不太看结果，看的是敢不敢作践自己，作又能作到什么程度，程度有多深，就显得多讨喜。做家务就是这样的。做不完和家务本身没关系，而是妈妈永远不会让它做完。一边消灭旧的家务，一边创造新的家务。杉杉隐约感到，妈妈不过是消磨时间，不过是为了在指责其他人时更有底气。学习同样如此。越是摆出不要命的样子，妈妈越是欣慰。其实没用的，假装划水，照样溺死。杉杉很想说穿这一点，但不知怎么，她预感到这会戳破妈妈最深处的秘密，深到她自己都没发现。很残忍。一种可能让妈妈活不下去的残忍。

张柔当然没发觉杉杉有超越同龄人的成熟，她只觉得她笨。笨也就算了，还十分叛逆。真的恨铁不成钢了。就是那个被西瓜冰镇过的午后，张柔又忍不住把姐妹俩比较一番，杉杉被骂得血肉模糊。等到白钢下班回家，她人却不见了。

谁能想到，薇薇就是在出门找妹妹的路上，被车撞死了。等杉杉咬着冰棍晃回家，看到姐姐的尸体时，她忽然分不清要哭还是要笑。但不管怎样，她和姐姐一样，永远死在了那个午后。杉杉怎么能有未来？不能有的。薇薇走后，张柔每天都要擦几遍骨灰盒。木纹比脸蛋还精致，质地比皮肤更像凝脂，那么活蹦乱跳的少女，怎么就烧成这点灰了？有时，她也狠下心清算自己的罪恶。如果不骂杉杉，她就不会离家出走。如果她不出走，薇薇也不会被车撞死。可究竟要怎么做，才能弥补对一个死人的愧疚？

没让薇薇学钢琴，是张柔心头最过不去的坎。那天老师咬着耳根跟她说，薇薇弹得不错，但显然杉杉更有天赋，好好练下去一定成大器。张柔不想偏爱谁，可家里的开销只够一个人上小课。杉杉在外疯玩时，薇薇拉着张柔的衣角大哭说，妈妈你为什么不让我学钢琴，为什么？张柔心疼地摸她的脸颊说，如果只有一个机会，我们让给妹妹好不好？薇薇一晚上都没理张柔，第二天清早，她咬牙切齿地跑到张柔面前，没头没尾地说了一句："好！"

那次比赛杉杉的确表现不佳，但谁都有第一次。再说，张柔不过是想帮杉杉找回点自信，没更多要求了。不巧的是，比赛到一半，张柔接到外婆心脏病突发的电话。她想离开，可一看到还在台上发颤的杉杉，又忍住了。张柔和杉杉的关系崩坏，似乎就是从比赛那天开始的。但她不知道自己究竟做错了什么，要欠一个女儿这么多债，要被另一个女儿如此不要命地恨。不知道。她真的不知道。或许是老天对她的惩罚。某天张柔打扫时不小心手滑，骨灰盒碰落在地。浑浊又刺耳的声响，像有什么东西永久性地坏了。可骨灰盒里没有骨灰，什么都没有。

屋内传来一阵撕心裂肺的尖叫。

3

骨灰消失的事，让全家陷入恐慌。白钢不相信它能凭空蒸发，肯定有人作怪。张柔是不可能，杉杉打死也不承认，总不会是小偷吧？要偷不偷钱，偷一堆骨灰不怕晦气？怎么都琢磨不明白。不过白钢对自己性格唯一满意的地方是，找不到答案的问题就放一放。放段时间也不见得解决，但问题可能不重要了，甚至都不存在了。就像当初上大学纠结吉他还是架子鼓，可贷款买房时没一样派上用场。再比如奖金用来投资炒股还是带家人旅行，却没想公司差点倒闭，连正常薪水拿到手都谢天谢地。

人到中年，白钢靠这种心态度过了大部分危机。命运的无常让他不再折腾。可在张柔看来，这不是什么人生哲学，压根就是不作为。一个人可以勤奋得没成果，但怎么能懒得理所当然？白钢更不懂了，勤奋和懒明明是同一条死路，为什么不选择更轻松的死法？谁也说服不了谁，大多数时候以白钢的假投降告终。他一面觉得这女人不可理喻，一面嘴上抹了蜂蜜说，老婆你讲得对，老婆我错了。说到后来都成了习惯，张嘴就来。蜂蜜也一直抹着，不在乎过期。

现在，薇薇的骨灰没了，张柔又拿出一副死苍蝇乱撞的慌乱。她一会儿逼问杉杉，一会儿觉得家里闹鬼。永远不会等一等。永远是这事不解决，日子就没法过的霸道。白钢麻木了，倒是觉得女儿也缺根筋。杉杉怎么看不出来呢，她妈妈一辈子活在冲动中。只要情绪上头，她就急于抓住一个人来发泄，也不管这人到底是谁，和事情有没有关系。她想要一切都在掌控中，可事实上，她越想掌控，局面越是失控。

不过也很难比较，被理智支配的一生就一定好吗？白钢讨厌这种非黑即白。

对不同的人要有不同的处事态度，要对症下药。杉杉这种硬往枪口上撞的倔脾气，以后还怎么在社会上混。白钢不由得担心起来。可转念又想，他这么懂人情也没见得混出一个人样。当男人就是这种下场。要么是穿金戴银的成功人士，放个屁都是真理。要么永久性闭嘴，没本事的人说什么都站不住脚。后来，白钢又惊奇地发现，杉杉毫无保留地继承了母亲的冲动型人格。这下更不用教育，反正没救了。

白钢也一直没搞清，杉杉对他的冷漠是从哪来的。每次上洗手间，她都把洗手台弄得到处是水。等到白钢进去了再出来，张柔就骂，你不会把水弄干净吗？你还是不是这个家里的人？白钢语塞，一个大男人，总不好说是女儿的错。后来弄了几次，又觉得不对。不能每次都让别人擦屁股，杉杉必须认识到自己的错。可真到她面前，话又长不出脚了。白钢心一软，她妈妈已经对她那么强势，他就不要再要求了，宠一宠也是应该的。只是，不被人看到的宠也能叫宠吗？杉杉对爸爸所做的一切，都一无所知。

不知何时起，白钢爱上了夜跑。吃完晚饭，伸出四五只手糊弄完家务，敷衍和老婆的对话，嗅一嗅陌生的女儿，便蹬一双跑鞋出门了。时机很重要。晚一点就陷入母女的战争无法抽身，早一点又显得外面有奸情急着开房似的。白钢这一生都在错过。因为性格软弱错过了初恋，因为胆子太小错过了创业，因为薇薇去世错过了股市。他已经接受自己永远慢半拍的事实。但不要紧，夜跑前的那个时机是他唯一能把握住的。比谁都意志清醒，比谁都沉得住气。

自从骨灰丢了，白钢夜跑又延长了一小时。他不知道这样跑来跑去究竟能从哪个草墩子里找到薇薇，也不知道自己是不是打着想薇薇的幌子，逃避一切他曾经强烈追求的。婚姻，家庭，朝九晚五的工作，一眼望到底的命运。才发现，幻想不能用来实现，只能用来活下去。

可张柔最恨的就是这点。不管眼前是哪一种生活，只要是眼前的，白钢就厌恶。他总说，薇薇走后，自己整个人都垮了。可那之前，也没见他多挺括。夫妻俩曾为是否要保留薇薇的房间而大吵。张柔说，有了遗照骨灰还不够吗？留一个空房间不是让人更难受！白钢少见地发飙说，她死了你就要把房间拆了当储物室，以后我们上哪儿去怀念她？张柔说，那也不能永远活在悲痛中，这日子总要过下去。白钢像吃了一颗子弹还要射回去，他冷冷对准张柔的瞳孔，怼了回去，你一个做母亲的，怎么这么心狠手辣！

只要一扯到母亲的名义，张柔就萎了。一个称职的母亲，应该完全牺牲，完全忘我。她不必是女人，但不能不是母亲。

从此，她肉眼可见的白钢，不是要去夜跑，就是去空房间想薇薇。都说白钢宠老婆，他替她打伞半个肩膀淋湿，他一手油腻给她剥整盘大虾，别人笑他气管炎，他笑别人没这种好运。他都坚持老婆是真理的违心话了，她还要他怎么样？

可闲下来细细复盘，张柔总觉得没什么比标签更粗暴。自己被语言强奸了。不抽烟不喝酒，总不能剥夺唯一爱好的夜跑，也不能怪他在薇薇房里待太久，显得自己这个当妈的没心没肺。但她真不知道他心里在想什么。他也不说，说了也是隔靴搔痒。张柔算是明白了，嗓门大的最好被欺负，越老实越容易占便宜。要说精明，谁能比得过白钢？夫妻吵架就是这样的，谁都占了一半理犯了一半错，争不出高下。每到这时，白钢都暗中刺激她的情绪，自己则巧妙地滑到弱者的地位。对错不重要，谁弱谁有理。等到张柔处于一个爆炸状态，白钢就是完完全全的受害者了。整件事，明摆着是她在无理取闹。

有时装傻也不管用。白钢还有一招，索性把局面搞得越糟越好。他偷偷把话题转移到另一件可怕的事上，这样原本的那件事也不可怕了。转也不能乱转。关键在于，第二件事显然是张柔的错。这让张柔从骨子里恨白钢，但没用，下次照样被他耍得团团转。她更恨的，还有他的装傻。活到更年期才发现，人生最糟糕的部分不是历经苦难，而是他对自己历经的苦难一无所知。为这段婚姻所放弃的事业，讨好他父母而忍受的委屈，在经济重压下迅速枯萎的面容。白钢却好像什么都没看见。一边鼓励张柔保持善解人意的个性奋斗下去，一边惊讶地问，你到底为什么要这么情绪化？不就是得了一场感冒吗？

婚内强奸最无耻。被奸了还得说嫖客的好，不然看客真要替白钢打抱不平了。幸好，事事因果轮回。在这里使坏，不一定马上被报应。可能是明天的这里，也可能是今天的那里。白钢怎么会想到，杉杉就是他对张柔造下的孽。

杉杉的冷漠不是毫无由头。她也恨爸爸去夜跑，去薇薇房间。因为这意味着妈妈接下来要把矛头转向自己。她不能和一双跑鞋吃醋，更不能嫉妒自己死去的女儿，可一直憋着又会憋坏。反正杉杉不是鸡蛋，到处撒了骨头给妈妈挑。

那天白钢夜跑完回家，发现母女的战火还在持续。他有点犹豫，像一个泡温泉的人发现水太冰，又要缩回脚。但来不及了。一个盘子差点砸到他。

张柔很激动，全身长满嘴巴地问杉杉："骨灰到底去哪儿了？"

杉杉还是死猪不怕开水烫："凭什么骨灰没了就一定是我的错？"

张柔怕软不吃硬，余光瞥到白钢，像忽然找到新的靶子：

"你这么不懂事，难怪你爸不疼你！难怪他到现在都没走出薇薇车祸的阴影！"

话刚出口，张柔就后悔了。她的本意不是这样的。可每一个字都已敲进杉杉身体。那一瞬，她觉得千疮百孔。全身都漏了。为什么妈妈总是嫌弃我连姐姐的万分之一都不如？为什么我没得到爸爸一点点的关心，却还要为他对妈妈的冷暴力买单？为什么我已接受自己的卑微并默默忍受一切，他们却还不满意，还要从一个没有爱的人身上最大程度地剥削爱？

杉杉决定今天不沉默了。"没错，骨灰是我偷的！我把它丢了扔了全部都吃了！你们再也别想找到白薇薇！"杉杉恶狠狠地说，就差把眼球挖出来砸在他们脸上了。

"还有，如果你们要我死的话，我今天就会去死。"杉杉的表情忽然熄灭，像极了七年前车轮下的薇薇。

4

不是杉杉狡猾。她笃定爸妈不会要她死，并非爱她，而是人过半百也很难再生了。不过，真要她死，她也不会犹豫的。现在，白钢和张柔都不敢碰杉杉，好像一碰就碎。眼神绕着走，实在绕不过去，也万不敢把刹车踩成油门。杉杉晚上想出门，张柔也不阻拦了。她说每一个字都含一块瓷片，注意安全，妈妈在家等你回来。

好几次，张柔都想批评杉杉的打扮，裙子太短，眼妆太浓。但又怕女儿误解成不爱她，便密封起自己。女儿对她的眼神，好像看下水道而不是池塘，看绞肉机而不是壁炉。除了薇薇的死，张柔从未如此心碎。很久前，杉杉还愿意躺在张柔怀里睡觉。翻个身，迷迷糊糊地笑说，妈妈你头发怎么一股油烟味。没轻重的调侃，却压得张柔整晚失眠。有种初吻时被嫌口臭的羞愧。想到年纪再大，皱纹匍匐，口水瀑布，更睡不着了。第二天一早悄悄进了浴室，在杉杉醒来前一番清洗。

杉杉发育的身体，喂养着张柔的控制欲。女儿越鲜嫩多汁，她就越年老色衰。女儿越大好前程，她就越穷途末路。张柔搞不清女儿究竟是敌人，还是自己的一个分身。嫉妒，但也疼爱，仇恨，但又奉献。人心一摇摆，手上的动作就诡异了。这也是杉杉捉摸不透妈妈的原因。有时她那样爱杉杉，恨不得掏出心肺切整齐地给她吃。有时又故意剥夺她变漂亮的机会，嘲笑她的紧身衣，羞辱她的自恋。张柔要女儿也寡淡如水。

杉杉隐约感觉，自己是妈妈的复制品。一旦违背她的期待,就好像是反证她的付出毫无价值。妈妈会做饭,会家务,会照顾生病的人,会过普通的生活并努力不出错,除此之外,她无法提供任何经验。可杉杉最不想过的,就是妈妈那种人生。

有天深夜,杉杉一身朋克装地回家了。张柔很想问,好好一个暑假,你每晚都出去到底在干吗?可很怕出乱子,白钢又出差在外,她只好咬碎问题,关灯睡下。而杉杉一肚子的心事在游泳,也不说话,拼了命让自己溺死。到了凌晨,杉杉还是睡不着,掀开黑夜想去喝水。没迈几步,感觉主卧亮着灯。透过门缝,发现妈妈居然在镜子前试衣。杉杉甩头,但真的不是梦游。脸上有妆,床上有从未见过的礼服。杉杉不记得明天有盛宴,还是重要的纪念日之类。她猛然惊醒,这和她七岁时踩着妈妈的高跟鞋臭美是一个意思。

第二天早饭,妈妈又端上一张灰头土脸。杉杉很想问,妈妈你明明爱美为什么要假装不爱?为什么你觉得追求美是一种罪恶,非要成为后代的奴隶,非要受虐般奉献?你把自己弄得越黄脸婆,就越要别人欠你的债,这不是自我感动是什么?还有,你是不是被生活欺骗了一辈子,到中年才想起自己曾经也是一个少女?十分浪漫的少女?妈妈泛油光的手指戳进碗的边缘,荷包蛋里有她脱落的碎发。以前总觉得妈妈的食物不干净,今天不觉得了。全都要吃下去。妈妈本来是无菌的，因为我才长出油烟味的头发。

杉杉最终胜利了。在这场骨灰何去何从、打扮性不性感的战争中，她靠一句威胁胜利了。但这胜利相当寡味。她想欢呼，可喜悦是在妈妈身上犯罪压榨出来的。她想投降，可无法对妈妈令人窒息的爱永远忠诚。怎么选都无路可走。杉杉突然意识，这才是人生。

两天后，白钢出差回来了。没有任何好转的趋势，杉杉更不想回家了。薇薇去世后的某次聚餐，白钢酗酒，一个劲向朋友夸耀每年薇薇送的生日礼物，六岁是贺卡，十岁是领带，十六岁是剃须刀。生日过完第二天，她就走了。眼泪吃到嘴里也不咸，白钢忽然又说，对了，有一年她送我两串自己做的风铃，还特别强调，蓝色那串要挂办公室。朋友一听想起来了说，原来是这样，以前还总笑你，一个大男人怎么挂这种东西。白钢边笑边哽咽，另一串粉色的挂床头，这样她就一直在身边了。

杉杉听着不说话，把整整一盘蛤蜊蒸蛋吃光。进家门前，杉杉手指掐大腿说，爸爸，蓝色风铃是我送你的，薇薇只送了粉色。白钢一愣，打出酒精味的饱嗝说，都一样，一样。说完便进了门，杉杉被迫看着他的背影，像一个暴君。杉杉无法说服自己。她只能总结，爸爸的贝壳里可以放薇薇，但我不配。

和那些男孩厮混在一起时，就不用想这些了。享受他们进过烤箱的抚摸，泡在福尔马林的怀抱里，被不同形状的欲望戳破，既信又不信谎言里的种种真相。杉杉从来不记得他们每个人长一张怎样的脸，也不懂为什么不爱还要恋爱。有时他们捡起她划满刀疤的手臂，问她干吗要这样对自己。她只觉得自己如此卑微，索性彻底脏下去好了。想到爸爸随手养大的孩子，到最后竟是社会的渣滓，她有一种无限快乐的报复。

有时上一秒毁灭，下一秒又想重新得到。那些约会的夜晚，杉杉发现自己比任何一个小公主都贪婪，她问，你心里能只爱我一个人吗？如果能的话，是不是要先把其他人杀死？说着便抱出一个小圆缸。男孩们笑问这是哪来的土。杉杉说，这是我姐姐的骨灰。

全都跑了。没有谁要去杀一个毫无瓜葛的人，没有谁要爱一个灵魂畸形的人，更没有谁要为谁的苦难买单。他们喜欢你，只要简简单单地喜欢。只要最好的那部分，不要支撑这些最好的最坏。怪那些男孩太年轻。他们从来不知道，恋爱对杉杉来说是一种献祭。他们还认为她如此快乐，以至于常常泪流满面。

杉杉每晚回家，身上都背着包。包里有小圆缸，缸里有骨灰，骨灰盒里空空如也。妈妈烧香却点不着火，爸爸在薇薇房里却见不到她,家里的一切都在提醒杉杉,用一个好女孩的死,换一个坏女孩的活,真是太不值了。杉杉有时都不敢呼吸,她还不清欠他们的饭钱,房租,精神损失费,就不要再占用仅剩的空气了。

5

因为全家人都在八月出生,所以就折中挑一天,四个人一起过生日。当然,白薇薇已经缺席七年,今年连骨灰都不在了。距离生日前一周,张柔给自己买了一双气垫跑鞋。杉杉扫一眼,就知道那和爸爸是情侣款。但她不锻炼,买菜又不用抢。更诡异的是,拖鞋不要了,她只在家里穿跑鞋。作什么怪,不知道的人以为是一种新时尚。

杉杉懒得在意,白钢却一副被鱼刺卡住的表情。早饭时,他心不在焉地剥一个水煮蛋。眼神抓住张柔的跑鞋,来回跨栏,摔得比手里的蛋白还坑坑洼洼。一句话憋太久,终于穿过鱼刺爬出来了。白钢问:"哎,你在家里穿什么跑鞋?"笑得太标准,就显得惊悚了。张柔盯着白钢:"我喜欢啊,不行吗?"白钢全身一冷,说不出话了。张柔又笑:"不要一口一个鸡蛋,会噎死的。"她把一杯牛奶放在他手边。他果然噎住了。

爸爸是多讨厌在家，连摔伤了也不休息，照样夜跑。只是，杉杉分不清爸爸是更讨厌自己，还是更讨厌没有薇薇的感觉。无所谓。这不妨碍她要给他买礼物。生日前一晚，杉杉照例背包在外闲逛。包里有送妈妈的护肤品，送爸爸的蓝牙耳机。她舍不得爸爸用音质那么差的，一用还好多年。谁知在经过河滨大道时，杉杉逮住了爸爸的背影，以及另一个女人。

树影婆娑。但杉杉还是看到，那个女人把一个礼物盒塞到爸爸手里。"生日快乐！"从这甜美的声线，杉杉认定她比自己大不了几岁。爸爸推脱说不要。她一听娇嗔了："最好的耳机，给你跑步用的！"想到一块去了。杉杉再一定睛，果然比自己买得好。没法冲过去大吼大叫，也没法在原地继续偷听。杉杉的第一反应只能是跑。跑回家前，她把送爸爸的耳机扔进垃圾桶。胃口被养刁了，就只要最好的。本来家里女人就多，他还嫌不够。好吧好吧，我真的没地位我知道了。

第二天晚上过生日，妈妈送大家的礼物是一桌好菜。浓油赤酱吃一口红烧肉，滋阴壮阳喝一勺响油鳝丝，有话说不出嗍一盘香辣螺蛳。妈妈的每道菜都暗含心思，每个动作都意味深长。跑鞋还长在脚上，真的健步如飞了。杉杉送了她礼物，但没送爸爸。爸爸也送了她礼物，但没送杉杉。一个说我忘了，另一个说我还没准备好。他们真有默契。杉杉想问你和她要结婚吗，反正你不爱我对吧。张柔想问今晚夜跑吗，跑鞋我还要穿多久。白钢想问为什么不送我礼物，你真的不在乎爸爸吗。但饭桌上从来没一句实话。食物的嗓门比人大。

一年前，白钢偷偷关注了杉杉的微博小号。一个月前，他看到她发状态说羡慕同学，也想要一个贵贵的包。一天前，他去见夜跑认识的小女友，她送他耳机，他问她，你看我送杉杉的包怎么样。小女友眨眨眼说，你买到假货了吧。白钢惊呼怎么可能，小女友指着种种瑕疵说，肯定是假的，你被骗了。白钢不想送女儿假包。他怎样都行，但还没堕落到让女儿怎样都行。如果有很多钱，他一定会去专卖店买最好的。可惜他的人生总是抽下签，签名总叫求而不得。犹豫再三，白钢选择做一个自私的人。宁愿不表现对杉杉的爱，也要隐瞒自己的无能。

回家前白钢把包也扔了。不知和杉杉是否扔在同一个垃圾桶。他想在成为父亲前，先当一个男人。

杉杉吃撑了。吃了一肚子洋钉的撑。回卧室扑在床上，难受得像一摊水却不能蒸发。翻了身，忽然发现枕头下藏了一个信封。打开一看，有一叠钱，贺卡上的字迹很熟悉："祝杉杉生日快乐！"眼泪唰一下淌出来。以前拉不下脸问爸爸要钱，他总用这种偷偷摸摸的方式塞给她。有时在书包里，有时在麦当劳的纸袋里，有时在一堆男友的合照里。也不要她道谢，免得尴尬。杉杉竟不自觉去翻照片。昨天偷拍的，他和他的小女友。轮廓精致，身姿玉立，像被薇薇附了身。杉杉想爸爸真专一，只喜欢长得像妈妈的薇薇，长得像薇薇的小女友。照片拉到最下，放大看。杉杉不太相信，但确确实实，俩人的跑鞋也一样。或者说，三人的跑鞋都一样。杉杉忽然明白妈妈的新时尚了。

  张柔回到房，拆开白钢送的礼物。一条白金项链镶心形吊坠。白钢跟在身后，轻描淡写地说："你那根金色的戴太久，换一条吧。"张柔不慌不忙，用一种酒杯盛大海的口气问："是因为她和我有一样的金项链吗？"白钢一愣："你说谁？"张柔的酒杯快翻了："你知道我在说谁。"每个字都砸到跑鞋上，张柔看这新时代的刑具说："还有，男人最大的忌讳，是送两个女人同一个礼物。"

  白钢的记忆又溜回昨晚。鉴定完假包，他盯着小女友脖子上的金项链："我跟你讲过，不要戴这条。"小女友一仰头不开心："又不是你送的！我自己买的想戴就戴！"白钢又问："那你干吗买和我老婆一样的？"小女友撅嘴："她得到多少爱，我也想得到多少。"已经自私了，那就自私到底好了。白钢下定决心说："我们分手吧。"小女友不解。白钢又补充：

"她知道了。"小女友咬着牙:"是因为她知道了你要分,还是因为你本来就想分?"白钢停顿了很久说:"本来就想分。"

白钢不能把昨晚的一切拍下来,拿到张柔面前说,求求你看一看,我已经知错就改了。他也不能坦白分手的真正原因,并非不爱女友,也并非太爱老婆,他只是没有离婚的资本,没有重建一段亲密关系的信心。就连出轨也力不从心,显然成了负担,再次证明他的一事无成。白钢思考完这一轮花了太长时间,让张柔误以为他在想如何圆谎。酒杯终于扛不住了,瞬间海啸。白钢看着张柔停不下来的嘴,从薇薇的死到杉杉的坏,从做不完的家务到挣不够的薪水,从冷淡的性生活到凌云壮志的情人。

白钢一句都没反驳。他走向衣柜,拿出一套高定西装,问她:"眼熟吗?是不是和他的也一样?"

张柔轰然坍塌。

知道她出轨后,白钢没有说自己每天是以怎样的心情入眠,没有说如何想象她和别人做爱,没有说他把手机砸碎、捏着钢化膜嵌入手心的伤口。他什么都没说。忍受和宽容,是他在这段婚姻里所能做到的最好的事。不过他也想,要张柔这样藏不住心事的人,煎熬一周等老公回心转意,也是难为她了。不是一次对抗,是和过去无数次冲动叠加起来对抗。不知道她在忍耐这些时,是不是突然能体会到白钢多年来的不容易。

张柔看了白钢一眼。只那一眼,白钢就知道,在出轨方面,俩人终于找到了久违的共鸣。这共鸣和他们当初决心领结婚证,第一次看到女儿的小脸蛋,想共同建立一个幸福家庭的种种心情,都是一样的。

"我们什么都不要告诉杉杉。"白钢贴在张柔耳边说。

张柔点点头。他们很久没这么惺惺相惜了。

不过,房门外偷听的杉杉没听到这句,她也没发觉自己手臂上被刀划得鲜血汩汩。她只相信所有的事都是她的错。如果能像姐姐那样优秀,爸妈就不会对彼此失望,不会转头向别人索要成就感。他们会为自己的宝贝女儿感到骄傲。可惜杉杉不是宝贝。第二天,杉杉在楼下的垃圾桶里看到妈妈不爱的跑鞋,爸爸收藏的西装。它们一动不动地躺在里面,凭空也甩了她很多记耳光。杉杉突然可怜起爸妈。她从小就练习孤独,关于不能彻底相信一个人,直面生活的真相,苦难只能自己解决这些事,她已经很熟练了。但爸妈不是的。他们人到中年才被迫学会,还要对抗几十年积累起来的浪漫幻想。很残忍了。

这天也是薇薇的忌日。早上,杉杉把骨灰盒端到白钢和张柔面前,打开来:"姐姐的骨灰,我发誓一点都没少。"

张柔困惑地看杉杉:"天这么热,你为什么穿长袖?"

6

活着的人重要，还是死去的人重要？如果整日陷入对死者的哀痛，活着和死着有什么区别？如果让死者真正死去，那还能心安理得地活着吗？杉杉无法解答这些问题，但她知道，爸爸妈妈做出了选择。他们用薇薇的骨灰盒惩罚她，要她花一辈子的时间来赎罪。那些在外游荡的晚上，杉杉无数次想把手中的小圆缸扔河里、砸树上、甩向天空，只有完全抹去薇薇的痕迹，杉杉才能重新做人。

但她怎么都下不了手，男友们也毫无用处。后来杉杉想，不管怎样，在动手之前，总得再给薇薇一些开心吧。死刑犯都还有一顿断头饭。于是，杉杉带着薇薇的骨灰，走遍她们童年嬉戏过的地方。桥头买两个炸虾饼，坐在河堤比赛打水漂，停不下来地吸一串红的花蜜，戳破吹大的泡泡被糊在脸上。文具店买材料做手工风铃，薇薇喜欢粉色，杉杉喜欢蓝色，一人做好一串送给爸爸。杉杉怕爸爸不要，就让薇薇说两串都是她做的。还特别强调，蓝色那串要挂办公室。这样，爸爸在家里被分给妈妈和姐姐，上班时就属于杉杉一个。

还有中心公园的游乐场。薇薇喜欢坐秋千，幸福永远在摇荡,直到铁链断裂。杉杉喜欢玩滑梯,无止境的黑暗里无止境旋转。妈妈在草地上给她们讲盲人摸象的故事。在四个盲人的眼里,大象是大萝卜,是大蒲扇,是大柱子,是一根草绳。薇薇和杉杉听完咯咯咯地笑,杉杉大叫:"我们不是盲人!我们什么都看得见!"张柔笑容满足地看她们,觉得自己是世界上最快乐的人。

越回忆越懦弱。越不想要什么越会成为什么。生日那天半夜,杉杉从床上爬起来,把骨灰一点点倒回去。姐姐死去,一切都成了定局。没法让时间证明她的缺陷,也没法用计谋逼出她人性里的邪恶。对一个人的死,竟这样无能为力。杉杉感到无限悲哀。浓稠的黑暗滴在身上,她被染了色。真的什么都看不见了。

姐姐你真好,但当你妹妹也真的很累。

薇薇忌日,一家三口在路边烧纸钱。拎着铁盆走回来,没想到家里已大火熊熊。想要拿点什么,又被浓烟吓了回去。白钢和张柔陷在原地,一个不留神,却发现杉杉已冲进去。她边冲边喊:"姐姐的骨灰还在里面!我去拿!"白钢看着杉杉的背影,忽然心痛得不能呼吸。七年前那天,他下班回家,张柔说杉杉赌气跑出去了,要他去找。他正愁着工作的事,又想不过是小孩子闹着玩,便要薇薇去找杉杉。

结果薇薇死了。是白钢把她送上死路的。对她过分的怀念，是他对自己最深的刑罚。可惜杉杉不懂，他也不知从何说起。她以为他不爱她。不是的。

杉杉躺在病床上，重度烧伤。可她从来没像今天这样自由呼吸。尽管她知道骨灰被烧还是灰，她知道大火里最无所谓的就是薇薇。人做事要看时机。大事做错了，什么都错了。大事做对了，小事全错都没关系。活了二十多年，杉杉终于做对了一件大事。姐姐因为自己而死，自己也救过姐姐一命。她们互不相欠，她终于清白了。

此刻，爸爸妈妈围在她身边，一边流泪一边照顾。杉杉想，妈妈再也不会逼我成功，爸爸再也不会当我空气。他们更顾不上那么多的哀愁，光是照顾我，就足以忘记这磨人的命运。我也有理由，不再去爱除爸妈之外、除姐姐之外的第四个人。我的爱太少，给他们的那份，就已经耗尽了我所有的力气。

想到这，杉杉幸福地闭上眼，脑海里满是那句欢笑："我们不是盲人！我们什么都看得见！"

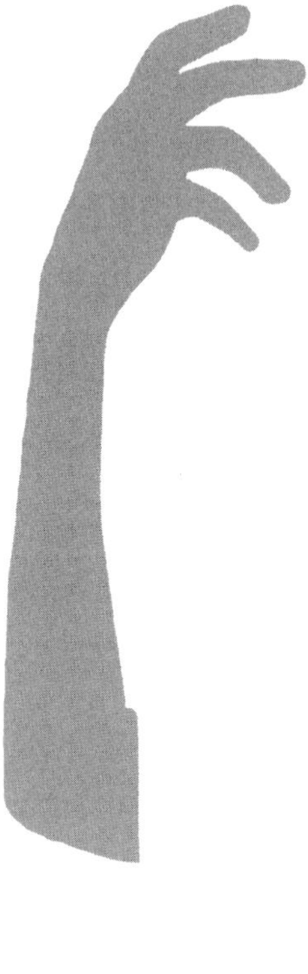

溏心爸爸

1

那年林菀熙在台北读研,朋友的饭局上认识一个大叔。客套地加了微信,几天后大叔便开着车在校门口等她。菀熙只踩了几步高跟鞋,他已西装革履地倚在车边,来来回回把她读了好几遍。快要走近时,大叔忽然倾身拉了她一把。小心,那边有坑,大叔说。等菀熙反应过来,她已坐上副驾驶,再转头看,大叔摆着一种信手拈来的笑容,等她心动。菀熙想,这人接送女孩是有多熟练。

车子在信义区的街道里划不出浪花,大叔自然不急,随便扯了几句,问菀熙英文名是什么。她说叫 Abigail,源于希伯来语。他点头,又问为什么取这个名字。菀熙笑着不说话,摆出一副你猜的样子。大叔也笑了,说不管怎样,寓意总是好的,还能简称为 Abby。菀熙不经思考地脱口而出,是啊,听起来就像 Baby。大叔一愣,那不是很好吗,你是很多人的 Baby。

莞熙别过头看窗外，心想大叔就差没说，你也是我的Baby了。不过有什么要紧，这句话是迟早的事，莞熙有她的自信。况且大叔叫过那么多女人的名字，统称为Baby总不会出错。想到这，莞熙的笑溜了出来。大叔问她笑什么，莞熙依旧不说话。大叔知道这笑里包含了好几层意思，但他不再问了。两人各自怀揣秘密，互相试探，也许这样，他才在饭桌上对她情有独钟。不知为什么，莞熙觉得大叔看自己的眼神，有种开家长会碰到女儿同学的味道。

吃过几顿饭，大叔带莞熙去他在淡水的别墅。进门后逛了一圈，莞熙想说这格局真精致，但话到嘴边又变成另一句，这是设计师设计的吗。大叔摇头说，我设计的。莞熙滑在三角钢琴盖上的手停住了，抬起来，见指腹上淡淡的一层灰。

想是平日这里也没什么人来，想是这秘密别墅，曾发生过很多藏污纳垢的爱情。莞熙不由得回忆起在海岸那头的家，十多年前，爸爸带着她和妈妈搬家。爸爸的时间很宝贵，从装潢到家具，都让手下去操办。又过了好几年，爸爸带着几个简单的箱子独自离开。新家是旧家的两倍大，爸爸却连一个水龙头都要亲自挑选。莞熙才知道爸爸不是工作太忙，是一个不爱的地方，也无所谓摆放什么。她笑当年的自己总是会错意。

莞熙一边弹琴，一边看着大叔倒酒的背影，很想问她是第几个被带到这里的人。但哀伤的旋律生出藤蔓缠住她，其实也无所谓，人和人都是不了了之的关系，第一个永远不会是最后一个。

莞熙很久没弹琴，一不小心手指就会被刺痛。大叔喝了一口酒，透过杯子问她，为什么每次弹到那几个键你都会停一下。莞熙不自然地笑，大概是太生疏吧。说完就缝上嘴，她当然不能说她家的钢琴上摆着一家三口的合影，也不能说那年爸妈吵架，用合影把镜子砸碎，碎渣铺在琴键上，弹得满手是血。但这人走过的路是自己的两倍。兴许可以。莞熙想了一会儿，在自己的琴声里迷路了。

等到最后一个音掉进大叔的玻璃杯，莞熙刚要开口，他就抢先一步说，好听。莞熙知道大叔还是把她当普通女孩一样了，她摇头，我不是想问这个。大叔一皱眉头，那是什么。莞熙很虔诚，我弹琴你不会嫌我烦吗。大叔的眉头更深了，你怎么会这么想。

莞熙深吸一口气，还是忍不住把自己铺平给他看："以前我就常在心里问我爸这个问题，因为我每次弹琴，他都会关上房门看电视。"莞熙没有给大叔太多时间，去推敲她和她爸爸的关系。她不但把自己铺平，还在思想上扒光衣服："Abigail 是爸爸很开心的意思。我一直怀疑我生下来的时候，爸爸真的开心过吗？我从来没机会问这个问题，以后也不会有了。"

大叔看着衣服完好、实际却赤裸的莞熙，一时不知如何下手。但经验告诉他，这个女孩有严重的心理障碍。他从心里伸出一只手，拍莞熙的肩说，你让我挺开心的。莞熙一愣，反问道，你又不是我爸爸。大叔给了一个意味深长的笑容，谁知道以后会不会是呢。莞熙觉得这种调情很蹩脚，但大叔已经知道她在渴求什么了。

2

林威像这个世界上所有的成功男人，丰衣足食，灯红酒绿。可即使换再多辆豪车，飞驰的马达也没能载着他驶向极乐世界。林威很早就意识到，赚再多的钱，要的也不过是一张床，一口热饭。他转着方向盘，驶入上海最中心的华山路。眼神也拐了弯，撞到副驾驶的小情人。他想离婚很久才遇到她，要不就这么定下来吧。也不知道定什么，下半辈子的陪伴，还是又一张婚姻监狱的入场券。换也腻，不换也腻，好像怎么做都觉得时间浪费了。

小情人显然很享受上海老洋房的格调。木质回旋梯，压顶琉璃瓦，一会儿穿着历史当民国女神，一会儿披着硝烟当沪上名媛。她也分不清哪个公馆住过哪些名人，哪栋别墅发生哪些战乱，但她想自己就是一块殖民地，等着被入侵。传统有传统的好处，奴性有奴性的美德，林威的小情人来不及，也没能力细究什么。

坐在包房里，他们俩碰了碰高脚杯。随即服务员上了一道菜，打开陶瓷盅盖，才知是白汁河豚汤。林威盯着肥嫩的河豚肝脏，明白这小小的一块入口便灰飞烟灭。小情人吃得很开心，笑意跑到天花板上。林威想这笑比河豚肝脏还鲜美。十几年前，他带女儿去江边吃河豚宴的时候，也没见过她这么大方的笑。林威拼了命地在外工作，回家却要吞咽女儿冰冷的眼神。幸好女儿上小学，他回家回得晚，起床也起得晚，一周咽一次的待遇已经不错了。

究竟是出于真心爱女儿，还是仅仅因为道德和责任，林威有点记不起来了。高中同学聚会，别人都一家三口地碰头，只有林威想独身一人。好像女儿对他来说，只是一个很想甩但又没法甩掉的拖油瓶。为什么规定孩子一生下来就必须爱她，生错了可以不爱吗？养着养着不想养了，可以丢掉吗？但林威在面子上很老派，这种反传统的话问不出口。勉强撑到女儿成人，他终于解脱了。过往在林威嘴里，就像一口河豚肝脏，瞬间灰飞烟灭。

3

莞熙知道大叔不是心急的人，越是经验老到，越要把前戏做足。出了淡水小别墅，大叔说带她去北海岸看夕阳，那是台湾最北端的地方。车子不知廉耻地晃荡一路，莞熙差点把自己的心事吐出来。

小时候常跟爸爸到处旅行，尤其是一过年，就去海岛度假。但从来不是单独的一家三口，是好几个一家三口。不知为什么，三个人的饭吃不下去，三个人的快乐造不出来，只有消融于集体，才能维持最起码的体面。莞熙对婚姻和家庭没有任何期待。她转头看大叔，知道他也是。不然俩人走不到一块。

大叔一边倒车一边问她，想什么呢，这么专注。莞熙俏皮地一昂下巴说，想你会喜欢什么颜色。大叔转着方向盘说，那你喜欢什么颜色。莞熙说是黑色。大叔假装一愣，难道不是粉红色吗。莞熙知道他是说笑，不要闹我，那你呢，你喜欢什么。大叔刚要张嘴，莞熙又抢过话头，你是不是会说，你喜欢什么颜色我就喜欢什么。大叔笑了，觉得这小女孩是一道很难买的甜品。

俩人在靠近白沙湾的海角一乐园吃饭，莞熙切着牛排，想起上次喝醉酒前也是吃牛排。你喝醉那次，我们也是吃牛排，大叔知道莞熙在想什么，轻描淡写地说。莞熙切了一块带血的牛排塞进嘴里说，那次我吐了一地，是不是很丢脸。大叔盯着她嘴角的血渍说，不丢脸，挺可爱的。莞熙知道他是撒谎，但也认了。

那天出了西餐厅，他们又去酒吧。莞熙是一个寡言少语的人，想说的话堵在喉咙口又说不出来，只好用酒精冲回身体。她越喝越来劲，越喝越伤心。第二天醒来发现自己一个人在宾馆，没有呕吐的痕迹，没有凌乱的场面，一切都完好无损，就连被子也只是掀开一角。不知道爸爸会不会清理自己的呕吐物，没试过，也从来不敢喝醉回家。不是怕被骂，是觉得自己喝吐的样子很容易被嫌弃。这么一想，似乎就喜欢上大叔了。有一种无论她做了什么，大叔都会来收拾烂摊子的满足感。莞熙对另一半的要求很低，一点点好就能被打动。

断片那晚发生了什么，莞熙一点都想不起来，就像怎么也记不起来的童年。但莞熙喜欢往好了看，她总觉得那时候，爸爸还是爱她的，会把她扛在肩上到处走。

海角一乐园里，莞熙陷入自己的心事，大叔也不打断她，他喜欢看她低头的样子，可以把这低头当成是害羞，也可以伸出手把脸扳起来，让她仰慕他。大叔阅人无数，知道这类女孩能提供一种不黏人知趣式的恋爱。她们的自尊像玻璃一样，捧着很美，摔了很爽。

有没有人说过你的内心和外表很不相称？大叔从服务员手里端过甜品，亲自放到她面前问。莞熙咀嚼一下这句评论，回道，难道不是因为这样，所以你才三番五次地邀我出来吗？大叔一愣，每次听她说话，都好像嚷一口烈酒。

大叔当然不知道那是因为莞熙的爸爸永久性地住进了她心里，莞熙的美是从年轻身体和病态灵魂中撕裂出来的。大叔也无需关心这些，他只觉得这一幕很有意思，耐人寻味。毕竟换女人是麻烦的事，这个小女孩期限长，很经济，这一年都不用愁了。莞熙反看大叔，觉得自己一不小心就会被折断，塞进他的口袋里。公司开会或出差谈生意的时候，弯腰捡笔，顺便掏出来看。有种离经叛道的快乐。

4

林威把小情人带回新家，这房子比离婚前的大了一倍。他走到水池边，冲掉手上沾着的烟灰。来回扫了几眼，发现还是自己挑的水龙头耐看。回到客厅，小情人正靠在窗边看滥俗的夜色，一动不动，也不介意满屋的烟味。他更坚定了，还是自己挑的女人听话。南北通风，超高层，巨大落地窗，林威并不为这夜色着迷，主要是方便深夜思考。人一定要有自己的独立空间，谁都不能打扰，这是他白手起家，拥有如今这一切的基础。

林威想他的小情人也许不懂，也可以不要懂。不过如果她愿意听，自然是要讲的。攒了一肚子的人生经验，难道要烂在岁月里吗？只是讲也有个度，讲得太多太深，就怕不好控制了。喜新厌旧和忘恩负义是人类的两大天性，林威心知肚明。

小情人去洗澡的时候，他这才有空想起远在台北的女儿。手机扎在手心，却没打电话的冲动。知道她一定会说日子不错，一定会说没时间交男友，一定会说不缺钱。锅里炒烂的话，炒到火都灭了。他们是不浪费时间的人，二十年来都没有闲聊的习惯，以后也不会有了。

淋浴间的水声流到林威手里，他脑海里又闪过刚刚在窗边抱她的画面。半是情人半是女儿地养，不知道是不是在补偿那年没能给出去的父爱，不知道是不是把一个半成品调教成艺术品会更享受。不想再让一个孩子羁绊自己的自由，但可以让一个情人成为自己的自由。对象是谁不重要，只要他觉得自己在付出就够了。

5

夜晚的潮水咬着莞熙的脚。听到大叔说海的对岸就是大陆时,她突然很想打电话给爸爸。今年见爸爸的小时数总和,用十个手指数一数就够了。但乱踢了一会儿海水又作罢,今天是周末,万一打过去,爸爸正好在约会怎么办,他又不能说他身旁有人,他的情人总不算他的外人。不知道那个女人会怎样为难爸爸,怎样对他发脾气,怎样要求他买更贵的包来塞住她的嘴。还是说,爸爸其实很享受被纠缠的感觉。可明明小时候从超市出来,莞熙连重物都不敢让爸爸拎,手指勒出两道血痕,也要面不改色地说,不重,快点走吧。

莞熙对爸爸的小情人一无所知,但不管怎样,不合时宜的电话都会打扰到爸爸。莞熙已经打扰了爸爸二十多年,怎么还能厚着脸皮继续打扰呢。连要钱都不好意思开口了,每次要等到爸爸问,你钱够花吗?够,挺够的。

几年前爸爸离婚后谈了新女友,莞熙就不想再问爸爸要一分钱。不知为什么,就是不想用他的钱,好像这样就有责备他的底气。但也没机会,她都看不见他,要怎么责备。想到这,莞熙心都碎了。打电话更不知说什么。告诉爸爸去了北海岸吗？可他们没有分享闲事的习惯。

所以好几个没追上她的男孩很困惑，为什么你不黏人，为什么不会事无巨细地聊天。莞熙在语气里丢了钉子，我肯定会吃饭会睡觉，这还要问吗。她知道那是关心她的意思，但她咽不下这种没营养的聊天。还好大叔精明，给莞熙一口饭能回味好几天。等她耐不住性子，要转身离开时，再给上一口。

海边，大叔抱住了莞熙，潮水看到他们的起伏也不由得羞愧。大叔在莞熙耳边摩挲，你不怕我吗。莞熙说，怕什么，怕我爱你爱得忘掉自己吗。大叔笑了，这笑吹醒莞熙的毛孔，你应该知道我是什么样的人吧。莞熙很想说你是像我爸爸那样的人，可她锁住了嘴唇。过了一会儿，大叔又感慨又哀伤地说，其实我挺渣的。莞熙很震惊，踮起脚尖凑到他耳边说，不是，只是你不对一个具体的人忠贞，你对激情忠贞。

大叔没想到他要说的，说不清的，莞熙都替他说完了。莞熙想自己真是有一种病态的美德，爱他爱到他离开，也找了足够漂亮的理由让他有台阶下。大叔感慨道，你太懂事了。莞熙笑笑，他不知她经验丰富，为人着想。莞熙以前交过一个男友，认识时刚和老婆离婚，但还没搬出旧家。他把她送回家，她就坐在沙发上，想他回家时面对女儿的画面。想到一半，爸爸回来了。这才知不用想，家里的这一幕不正就是吗？

大叔和莞熙重新抱在一起，抓一把浓稠的夜色，抹在对方脸上，以便遮掩彼此的羞耻。

6

不知怎么，林威今天破了自己的规矩。和情人在一起时不该想女儿的，但他一而再再而三地忍不住。他开始回想吞咽女儿冰冷眼神的感觉，不是享受，是熟悉感，痛苦的熟悉感容易让人心安。

女儿小的时候，夫妻俩吵架，吵到镜子被三人合影砸碎，吵到碎渣铺在钢琴键盘上。莞熙不帮任何一方说话，把合影捡起来，一个人坐在角落静静地看他们。走近，才知道她是无声无息地流泪。泪水是一个人的热量，流出去的越多，身体就越冰冷。很多年后，林威才找到女儿冷漠的根源。当时的他却来不及多想，也不知如何安慰。他对女儿有莫名的信心，她一个人自然而然就会好吧，她长大了就会明白爸爸是有苦衷的吧。

女儿钢琴弹得好吗？没印象。只记得她每次从超市出来，都逞强要拎那么重的购物袋。准备抢过去，却被她冷漠的表情刺痛。想接近又怕伤她自尊，想走开又心疼她受苦。林威拿她没办法，没办法的最好办法，就是一路陪伴，保持沉默。

淋浴间的雾气漫出来，淹到林威的胸口，他才意识到，小情人裹着浴巾走出来了。林威关于过往的回忆也瞬间淹死。他伸出不再健壮的手，一把搂过她。人最终还是各过各的日子，想到这句话时他觉得自己很残忍。抱了一会儿，又换了个想法，不是自己残忍，是人性残忍。

7

过了些日子，大叔主动提出要体验莞熙的一日生活。他说走过你走过的路，吃过你吃的食物，可以离你更近一点。莞熙觉得这话很老套很烂俗，她只是惊讶他对她还没有腻。约在中山站附近的咖啡馆吃早午餐，莞熙到的时候迟了二十分钟。大叔帮她点的咖啡已经凉了，班尼迪克蛋也呈一种颓废之意。她不住道歉，心里却想这人是有备而来的老手，她什么都没说，他就知道她想吃什么了。

大叔为她的过分歉意感到惊讶。前几天他们拥吻离别时，她还狠狠咬破他的嘴唇，舔他的血。大叔更不解的是，莞熙在外社交很有一套，没有交流障碍也没有自闭症，为什么连和她爸爸面对面聊几分钟都会浑身不自在。她还说自己很冷漠，可接触多了，她骨子里的那股风骚和攻击性就会溢出来，挡也挡不住。

她根本不是小女生,现在却像做了错题,考了低分,动不动就说一句抱歉,让你久等了。大叔没精力琢磨,他只是感叹于她的瞬息万变。一个有变化的女人真好,好像同时上了好几个女人。当然瞬息万变是有代价的,容易走极端。莞熙清楚自己,她想大叔也清楚,不然就不配和爸爸相比了。

莞熙把盘子里的水潽蛋戳破,看着浓稠的蛋黄渗透进粉色的三文鱼片,好鲜嫩的颜色,吃了一百次还是觉得自己不配这么明亮。爸爸也爱吃水潽蛋、溏心蛋、温泉蛋,懒得细究其中的差别,总之都半凝固半流质,和这个分不清黑白的世界一模一样。以前莞熙最期待的事,就是做作业到凌晨,看电视的爸爸忽然从房里走出来,用一种偷偷摸摸的语气问,要不要吃方便面。这是爸爸唯一下厨的时刻。他煮的面并没有多特别,但一定会有偏硬的口感、半煮熟的蛋、清淡不辣的味道。没人能做出爸爸的面,就像没人能取代爸爸一样。

他是在一个无人察觉的早上,悄然离开的。家里几乎没有变化,少了几双鞋,空了衣柜而已。原来离开是这么简单的事,随时随地,有两条腿和一颗决绝的心就够了。从此,莞熙在停车场再也找不到爸爸的车,走到公寓楼下仰头,也看不到爸爸卧室亮着的灯。没有见缝插针的对话,没有深夜的方便面,也不知他是不是改变了作息和生活习惯。有坐过他的新车，但在那之前反正有别的女人坐过了。走了就是走了，发生过的事，她介意不起来。

后来才知道，莞熙在恋爱里永远是提前离开的那一个。不管是他爱她胜于她爱他，还是反过来，她随时都准备好逃离，第二天一大早就可以拍屁股走人。她一边因为怕被丢弃而提前丢弃别人，一边又找不可能的人重复被嫌弃、被冷落、被遗忘的感觉。长这么大，没人教她理直气壮地说你要爱我。

大叔对这点心知肚明，他像对待员工一样对莞熙。看到她发来的信息，可以晚点回、明天回、甚至不回。她那么聪明又洞察人心，总能找到理由来消化他所有不靠谱的举动，下次见面依然如初。太有教养。在那样一个家庭里长大，莞熙练得最熟的技巧便是如何让自己不被讨厌。别人还没张嘴责怪，她的抱歉就先一步走了出来。抱歉，都是我的错。抱歉，都怪我不好。她想爸妈所有承受的折磨，都是从她开始的。如果她不出生，如果不狠下心来早点自杀，他们就可以早一步从这个家解脱。

莞熙喝醉时，喜欢摸自己手臂上的伤口。有几次离动脉就差一点了，贪生的念头还是让她停住了手中的刀。实在没出息。看着汩汩的鲜血，莞熙不止一次咒骂自己。但也不能让爸爸知道，割了腕还要给他看，太像演戏，太像是厚着脸皮求他给自己一点爱。不如把手臂放到身后,冲他摆出若有若无的表情,让他以为日子一切照常。反正一个想走的人是拦不住的,她花了这么多年想要拦住爸爸都没能成功,何况萍水相逢的人。

莞熙曾和一个前男友说,爸爸的新女友比她大不了几岁。前男友的眼珠悬在空中,这么小?你爸这么厉害。那一刻莞熙在心里死了。原来像爸爸这样的就是厉害的男人?那她要不要找厉害的男人?小时候妈妈警告自己,长大了一定不要找爸爸那样的。莞熙用了整整二十多年的时间去想,爸爸那样的男人究竟是怎样的男人。等到她想明白,才发现谈过的男友,一个个都从爸爸的影子里刻出来。

讨厌从小被宠到大的女生,讨厌她们把手勾在爸爸脖子上,显摆好像拥有全世界的笑容。莞熙从小就不信好话。男友们甜言蜜语说到一半,她总是摇摇头,可以了,我听懂了。承诺是用来调情的,又不是用来兑现的。莞熙的心里剖开一道悬崖,他们给她的爱全都掉进去,摔死了。

8

林威喜欢去湖边钓鱼。不是真的喜欢吃鱼,是给自己找一个不被打扰的理由。鱼竿没头没脑地悬在空中，最近接触过的人、发生过的事，都一一摆在湖面上，等他尸检。这是林威成功的秘诀。林威当然知道他的小情人没那么纯粹，但要光说是为了钱，也不对。反正年轻女孩是一管胶原蛋白，没太多杂质但也不能延年益寿，就定期用一用吧。

大概是上了年纪看得多，想什么都不会斤斤计较，也不忘等价交换的情义。林威一直提醒女儿要有分析力和判断力，却忘说，思考也是有限度的。想太多想到头了，人生也就真的到头了。

大学前的女儿大概是恨自己的。和她说话经常得不到回应，俩人只是同一间旅馆的隔壁房客。动不动就离家出走，不是久久地站在河边，就是在垃圾桶留下一堆带血的纸巾。夫妻俩在车上吵一路，等红灯时她忽然就开车门跑了，差点被撞死。林威想她是在报复。林威一直没告诉女儿，真正的悲哀不是善与恶的对立，而是善与善的对立。当她发现身边的每个人都心存善念各有苦衷，生活却仍旧无法继续时，她还会重新爱爸爸吗？没人告诉林威，也没人告诉他女儿因为想太多，而止不住地堕落，止不住地自虐。

鱼竿动了。不知道是有鱼上钩，还是自己的手颤了一下。

9

过去爸爸常带莞熙参加狐朋狗友的饭局。有老婆孩子的叫家庭聚餐,饭后就能回家。独自一人的叫单身派对,吃完饭,夜晚才刚刚开始。要过好多年,莞熙才知道全国各地到处是这样的政商互动、兄弟规则、一条龙饭局。莞熙七岁时被带去过夜总会,等爸爸和他的朋友们谈完生意,或者说下班。那时她还不把男人当男人看,也不把女人当女人看。只记得眼前的光怪陆离,灯红酒绿,也有一种过早窥探生活真相的惊愕。

长大后去台北读书,有阵子住在林森北路附近。闲逛的某个晚上,莞熙不经意闯入了红灯区,琳琅满目的日式酒店,款式缤纷的应召女郎。中年男人三五成群,从居酒屋里踉跄而出,呕出满嘴浑浊的酒味,又吸毒一样在年轻女孩身上乱嗅。莞熙在台北车站等闺蜜的时候,也被好几次搭讪。小姐,我觉得你很漂亮哦,你对娱乐行业有兴趣吗?你想来我们酒店拿高薪吗?莞熙看着皮条客一身西装的人模狗样,当然知道台湾人说的酒店另有深意。每次她只要回一句我是大陆人,这些皮条客便会讪讪离开。

也有一次聊开了，聊起大陆和台湾的性价比。皮条客感叹台湾经济不行，消费还得靠观光客拉动。莞熙说这种消费也不是纯乐趣，有时说白了，是为了赚更多的钱。皮条客很讶异，他转头看莞熙，不太相信她脸上写着的年纪。莞熙继续说，酒店其实是真正的生意场，他们在那才能建立更深的信任和合作。皮条客点头感叹，是哦，干坏事的还真不敢叫不干的一起来玩！莞熙笑着回道，没错，两个男人玩过同一个女人，就算是兄弟了。

　　莞熙从来没告诉过爸爸，她成年后终于理解他当年的不得已。也知道爸爸很多的做法看似冷漠，实际上是最好的处理，再三权衡下的选择。莞熙死读书被所有人称赞时，只有爸爸冷眼相对地说，你这样走不了太远。莞熙因为考砸想要逃避失败时，是爸爸强硬把她送到教室，在家一门门科目地分析数据，让她在他面前受刑。爸爸给莞熙几十万炒股却亏了三分之一，他说没事，第一次你就赚了我反而不安心。莞熙有背离主流的白日梦，爸爸说我给你资本去经历，后果我来承担。是爸爸喂大了莞熙的野心。

　　很多很多次，莞熙听了爸爸突如其来的一句话，就要借着散步的借口跑出门。很想把那种人生豁然开朗的兴奋感昭告天下，但回到家，还是压制住冲动，假装什么没发生。她想爸爸常年来的面如止水也都如此。莞熙无数次回想爸爸离开的那一天。走路在想，吃饭在想，做梦也在想。想到最后终于发现，爸爸多么老奸巨猾。那一天绝不是平凡的一天。爸妈早就领了离婚证，他却没有火速离开，而是偷偷观察家里每个人的反应，等到恢复理智，稳定情绪，他才默然抽身。

爸爸还有一个特点，事情不到九成把握是不会说的。总是拿定了主意，局面拍案在板，他才会问，你的想法如何。其实潜台词是，我不管你的想法如何，反正你只能这么做了。而且他还留了好几条路，同意有同意的路，不同意有不同意的路，一切尽在掌控中。这是爸爸的霸道。

莞熙一想到爸爸这样处世就会心痛。如果爸爸只是一个普通人，她可以像忘记所有人那样忘记他。但爸爸不是，爸爸是她所有崇拜对象的起点，是她找到人生意义的渠道。只要漂泊在外，只要学会更高一层的做人技巧，她就会想起爸爸，想爸爸当年怎么白手起家、摸爬滚打。怎么样都绕不过，怎么样都离不开。莞熙要到哪里再去找一个，可以和她讨论真相，可以深厚得容纳她所有困惑和痛苦的人呢？

莞熙走在陌生的台北街头，终于想明白为什么不敢太多接触爸爸。因为他会让她厌恶自己，他会让她看到他的血液如何在自己身上流淌，他的傲慢、自私、冷漠如何深深刺伤别人而自己毫不察觉。他会提醒莞熙，她是如何一步一步变成她最不想成为的人。长大的莞熙一直想替爸爸补偿，想把他欠妈妈的爱重新给她。可到头来，她爱妈妈的方式却和爸爸如出一辙。

10

每天一大早，林威去办公室的习惯就是看新闻。比特币破新高后疯狂暴跌、53度飞天茅台一瓶难求、中国离婚率十强城市出炉……林威啪地关上电脑。人到中年，尘世起伏成了常态。年轻时的他一直思考，什么比赚钱更重要，什么比直接追求钱更快得到钱。后来他终于想通了，是人性。

最近女儿的同学告密林威，莞熙在和一个年纪是她两倍大的男人恋爱。放下手机，林威手抖得没能拿起茶杯。自己辛苦养大的孩子，就这么被人占了便宜。怎么想都心里不平衡，怎么想都咽不下这口气。他大概忘了自己曾对女儿开玩笑，你就算到四十岁结婚也不晚。林威分辨不出女儿是真性使然，还是仅仅出于报复。他像普通父亲一样，只希望她正常工作，正常结婚，快乐一生。但也按捺不住内心的恶毒，如果真这样平庸，那女儿也仅仅是女儿了。

偏偏莞熙走了相反的路。林威不知是高兴，还是惶恐。

他只发觉自己逐渐在失去女儿。她好像长得太快了，快到已经不要什么意见和指导，快到她做出任何选择，林威都觉得毋庸置疑。除了交男友。

省事又不省事的好女儿，却显得爸爸很没用。林威长长地、深深地、前所未有地叹了一口气，真觉得自己老了。

11

大叔在延吉街的先进海产店订了位子。莞熙坐在角落，看着满墙的明星签名，不费力地把炒猪肝吃出鹅肝的口感。大叔偶尔动一动筷，看着莞熙吃比自己吃还满足。吃着吃着，莞熙的眼神就飘到空中，满嘴心事的样子。大叔喝了一口台啤，不由得警觉起来，他现在不敢小看她。上次去北投泡温泉，向来乖巧的莞熙忽然发起脾气，一会儿嫌这家汤屋去的人多不别致，一会儿又嫌那家泡汤不舒服，问她哪里不舒服，她敷衍半天也说不上来。大叔耐着性子，陪她折腾了好久，终于定下一家很不起眼的店。莞熙在蒸腾的雾气里露出脑袋，好像一颗等着大叔吮吸的溏心蛋。到此时，她才慢悠悠地嚼着字问，这差不多就到你的底线了吧？

大叔忽然清醒过来。莞熙不是无理取闹，不是耍小性子，而是一种有策略的试探。长期以来他们和平相处,从未吵过架。莞熙摸不清他的底线在哪里,搞不好哪一天就触犯了。与其突如其来,不如早做准备。大叔领会到莞熙的意图,但也没有戳穿。眼神交汇时,俩人都为彼此相通的心意兴奋不已。大叔想,这样的女孩要是给年轻男孩真是浪费了。只有饱经沧桑的人才能挖掘、欣赏、开发她的那种美。理解她人格矛盾中的痛苦,怜惜她自怨自艾的哀愁,那是一种远远超出日常生活的广阔。

大叔知道自己应该快点吃。好的菜只能那个时节,错过就不新鲜了。回味到这,莞熙恰好夹了一口蛤蜊递过来,大叔被宠似的张开嘴。

"你说……"莞熙的话吊在半山腰,大叔饶有兴致地看她,等她耍新的花招。

"你说你更爱我,还是更爱你女儿?"

大叔愣住,以为耳朵不是耳朵。他当然不知道这是一种残酷的演练,不知道莞熙要用跨越千山万水的勇气才能问出这一句。

气氛冻成了冰,这次是真真切切地冒犯到了大叔。但她没后悔。无论是大叔,还是大叔之前的大叔,莞熙无数次猜测他们给出的答案。说更爱情人,因为小孩就是一个甩不掉的包袱,离了婚还有石头绊在脚边。说更爱女儿,因为情人身体里没有自己的血,偷了爱还要跑回爸爸身边。都是骗人。他们最爱他们自己。

莞熙无法想象爸爸怎么回答。她怕爸爸情到深处会对小情人说,我爱你比爱我女儿还要深,我女儿怎么也比不上你。有次在机场候机,莞熙坐着看对面五六岁的小女孩,玩着玩着就扑通一声摔倒在地,旁边啤酒肚的男人立刻把她扶起,抱在大腿上,一个劲地摸她的头。不哭不哭,宝宝最乖了。小女孩的哭声仍冲破天际,其他人都丢来厌恶的眼神,只有莞熙一个人看着她,泪流满面。理直气壮地说你要爱我,真幸福。

12

林威一整天都没心情工作,什么东西堵在胸口,喘不上气。想知道关于那个男人的一切,却无能为力。想打电话诉一诉苦,却没一个人能说。最可恨的是,整件事让他有一种深深的愧疚和罪恶感。要怎么一边挽着自己的小情人,一边咒骂女儿的老男友?林威终于明白那句话的深意:女儿是爸爸最柔软的地方。

可没想到,愤怒堆到快雪崩时,一种崭新的情绪忽然涌上心头——林威发觉,自己对女儿和那个男人的好奇心,远胜于对这段关系的善恶判断。推敲半天，这绝不是报复。否则女儿为什么不亲自告诉自己，为什么不用表演式的自毁来刺痛爸爸的眼睛？如果身不由己，那究竟是什么让她迷恋一个本不该迷恋的人，又是什么让她不得不放弃普通人的爱情，不可自拔地追求一种畸形的乐趣？她到底想要什么？

世事不可兼得，林威曾拷问自己一个残忍的问题。他到底期待女儿在世俗的目光里平庸一生，还是用血的代价去追求转瞬即逝的惊艳？不敢想，再想下去他就没法呼吸了。比想自己的人生问题还残忍。

13

大叔从一开始就知道，看到好的女孩子，最好不要恋爱。情深不寿，爱会毁了彼此的关系。但他没能忍住，没能忍住就要承担后果。所以当大叔既没办法维持和莞熙的高潮，也舍不得用世俗生活来摧毁这种高潮时，他选择了离开。坐在猫空下山的水晶缆车上，莞熙也没有挽留，她就是简简单单地说了一句："爱很容易，理解就太难了。"

大叔觉得和莞熙说话真不费劲，要上哪儿再去找一个说话不费劲的人呢？想到这他就心痛，只好最后一次深情地吻她。莞熙粘上大叔的嘴唇，用湿湿的温润的舌头，贪婪而用力地舔他。舔走他前半生所有夜晚的空虚和孤独，舔走他对这个世界最后一份爱情的奢望。

　　人和人之间不止是有爱情、亲情、友情这么简单。很难解释那些超越年龄和道德的情感，很难解释爱一个人不一定要在一起的道理。这种让人真正值得一活的东西，远比他们个体本身要来得宽广，深远。再说就说不下去了，莞熙想，爸爸和她一样都会懂的。

　　莞熙的手机里，有一条写好的信息一直没发给爸爸："爸爸，你再婚后还会出轨吧？你知道的，第二次婚姻也没办法解决那些问题，一切的琐碎、消磨、厌恶都会循环而至，你需要找新的情人来释放对生活的倦怠。你不用多解释，虽然我还没结婚，但我已经懂了。爸爸，我不想要你和妈妈复婚。但我很想证明，我是两个灵魂因为爱而发生的结果，我来到这个世界上是正确的。我希望你们因为我，面对彼此时还有那么一点爱存在。我希望你们今后，还能成为各自出轨的对象。"

　　原来莞熙小时候拿着合影，在角落里看爸妈吵架时，看的不是一个家庭的悲剧，是世界上千千万万个家庭的悲剧。一份家庭的悲伤还不至于让她太冷漠，可千千万万份家庭的悲伤就彻底压垮了她。三十岁自杀的念头一直在心中盘踞。后来她渐渐说服自己，还好有爸爸。爸爸给我的爱，已经到了他力所能及的地步,我应该满足的。

莞熙终于放弃了爱情。这个世上满腹智慧、中年危机、钱多到不知怎么花的大叔太多了。爱情怎么样都可以敷衍,但爸爸只有一个,父爱只有一次。她只期待所有的大叔都给出同一个答案:"我爱我女儿远超于我爱你。"

想到爸爸的时候,所有的虚荣、物质、名利心全都没有了。赤条条地来,一无所有地离开。在爸爸面前,莞熙是那个最真实最干净的自己。

14

林威的新家有一个房间是专门为女儿设计的,但空空荡荡,里面从来没人住过。夜深人静时,他常常坐在那个房间,回想很多年前的一幕。那天深夜他急着要去朋友的饭局,莞熙妈妈死活都不让。俩人一路吵,从家门口拉扯到大街上。莞熙就这么丢了魂一样地跟在后面,一边哭一边摔跤。走到桥头的时候,林威忽然转过头蹲下身,擦去她脸上的泪水:"不管怎样,你都要记得,爸爸妈妈最爱你。"

林威不知道,没有这句话,林莞熙活不到今天。

隐形备胎

今天是我的婚礼。好几年过去了,我想你大概把我忘了。我一向对爱情没什么信心,和他交换婚戒的时候,我已经看到了离婚的那天。这个时代的人讲究实际和信用,婚姻更像是一场交易,掺和一点水分,但也明码标价。我以为我会对你忠贞一辈子,后来却还是沦为别人的新娘。再怎么说,我也是需要生活的人。

我经常回想和你在一起的日子,更准确地说,在你身边隐形的日子。你常常感觉不到我的存在,因为别的女人用鱼缸困住你,而我宽敞得像片大海。这没什么要紧,毕竟喜欢一个人是我自己的事,和你无关。

三十出头的成功生意人,一面在找货真价实的未婚妻,一面邂逅随便玩玩的女大学生。你把多数人归为后者,她们冲着钱和刺激,几次兜风,几顿昂贵的晚餐,就能轻松打发,而你以为我也是其中一员。的确,最初我和你想法一致。

第一次见面,你开车来接我。当时下着大雨,我还未认出你,你就下车给我披上外套。打开车门,里面飘散着慵懒的爵士乐。你问喜欢吃哪家餐厅时，又捋顺我凌乱的头发。其实我心里很清楚，这些哄人的小伎俩只会用一次，就像逛商场时的那句话也只会说一次："你想要什么，尽管买！"大有一副我养你的架势，好像可以把一辈子的欢愉交付给你。但往往离开酒店，两人便形同陌路。聪明的女孩通常会抓住这唯一的机会，衣服越看越贵，牌子越看越喜欢。但你没想到，我走进每家店，都是不作数地扫上一眼。

"不喜欢？要不换个地方逛？"你关切地问我，好像男人此刻体现尊严的唯一方式，就是让女人花钱。我笑着摇摇头："我这个月买得太多，挑不中了。"女人的衣橱里永远少一件，可相比欠下人情债，我宁愿扔掉到手的便宜。你眼里的意外在刹那闪过，你大概没想到一个二十岁的女孩也懂得克制，以为她们都有膨胀的物欲，想要就要的冲动。而相似的感觉，在吃饭时也戳中了你。你把菜单给我，又摆出一副随便点的模样，信用卡塞在钱包里，总是够用的。

点菜恰恰是考验一个人的最佳时间，点太贵是不懂轻重，点便宜了面露苦相，全甜或全辣又显得做事不周全。一桌菜点下来，就清楚对方是几斤几两的货。我不知道自己表现如何，但你的笑容居然多起来，还一个劲地给我夹菜。要知道对于情侣，吃饭重的不是排场，而是贴合人心的惬意。从你说讨厌浮夸的商场装饰开始，我就知道你更倾向于一种家常菜的熟悉感。餐厅里的灯光是暖黄的，沙发是柔软的，一切都似曾相识，仿佛回到了家。这多少也让我感动，原来像你那样的浪荡子，也会在不靠谱的寻欢作乐外多出些依赖。

饭后，我们去了一个安静的公园。走着走着，总觉得太安静。我从包里掏出随身音响，放出一首探戈舞曲。气氛浪漫而暧昧起来，我却装成一个什么都不知道的小女孩，欢快地叫道："来呀来呀，我教你跳！"你有点为难，对这些毫无准备，但还是拉起我的手。转身很笨拙，步调踩不准节奏，你大概第一次觉得三十多年的经验不太够用了，没想到一场爱恋这样磨人。两分钟后我看出你的窘迫，便不再强求，甚至给你找好台阶："啊呀，一次不能教太多。你歇会，我给你跳别的！"你略带感激地望着我，在石凳上坐下来。过了一会儿，你掏出手机："你跳，我想拍。"我颤了一下。视频是用来回味的，像我这样玩一次是一次的女孩，需要回味吗？忽然间，我觉得这本不必负责的感情危险起来。

回到车里，你放起视频，我本能地遮住屏幕。你笑起来，挡开我的手。一来一去，便有些调情的味道。后来你猛然抱住我，一只手反复地抚摸我的后背："好瘦，你在减肥？"话音刚落，我眼睛就酸起来。一个胖女孩想要伪装成天然的瘦，就得吃下各种苦头。节食也好，锻炼也罢，来来回回地折腾，一次次反弹后又重新开始，整个人都要耗进去。

你感到不对劲，又回忆起什么，却把我抱得更紧了。也许减肥和创业是一样的，别人看到我的身体，也看到你的辉煌，但仅此而已。此刻，只有我们能互相体会各自的艰辛，过程里的千难万阻。你没再说话，我也沉默着，一场原本轻浮的快乐却酝酿出痛苦。可这痛苦惺惺相惜，彼此怜悯。

你送我回校，没有更多的活动。我害怕起来，难道我们的关系不应该在今晚结束吗？难道不是天一亮，就各奔东西吗？但你似乎在把一个晚上要做的事，匀到好多个晚上。下车前，我摸了一下你略微凸起的啤酒肚，你立马拉住我的手，不好意思地笑起来。

没过几天，你又一次约我出去。大城市里的堵车，可以是厄运，也能成为契机。没有共同语言的男女，因这漫长的等待和无话找话的尴尬，很容易消磨掉原有的一点好感。本来这聊天内容可以是电影、食物、流浪汉，街上到处是随手抓来的话题。而我们恰好堵在路上，汽车一点点向前挪动。这种情况下，若没有准备，聊天素材是要凭空造出来的，而你我都不是爱说话的人。

可我怎么会舍得这关系冷却下来呢，学校的活动，女生间的小斗争，校门口的美食摊，我装成大大咧咧的性格，又说又演，笑得很开怀，像是永远不会有烦恼。平常对于这些，我总是不屑一顾也不做参与的。可自从认识你，我便有意无意地搜集起来，生怕哪天就无话可说。你稍作评价后，也轻松地笑起来，以为我真是那类咋咋呼呼的女孩，一个奖励，一个冰淇淋，就能很容易地搞定。我容易被搞定，只是因为我愿意被你搞定。

车里的音乐变成一首探戈曲。很自然，我们都想到了公园的经历。听了一会儿，你开始告诉我这首曲子的背景，作曲家的生平。很快我就明白了，原来你和我一样早有准备。要面子的你在通过这种方式，掩盖上次学舞的难堪。当然我什么都不会戳穿，甚至还不由自主地感叹一句："哇！你懂这么多！"花钱和由衷赞叹，是满足男人虚荣感的最好方式，而后者的人情味更足。总之，你谦虚地推脱后，还是很满意这个用心良苦的小手段。后来，我无意间回头，发现你后座上的健身包。"你也健身？"我装得很惊讶。"是啊。"你笑着，扫了一眼自己的啤酒肚。我自然装作没看见，继续说起有趣的事，很快转移开话题。

亲爱的，我怎么会不明白呢？自卑是无处不在的，你年轻时穿着肌肉，却羡慕成熟男人的一身派头。而当你拥有购买奢侈品的能力，又失去青春的资本，面对活力太足的女孩，总显得力不从心。你是那种处处掌控局面不甘示弱的人，而我也不喜欢揪着别人的弱处说个不停。很多话还没出口，两个人就已心领神会。道路忽然畅通了，晚风痛快地吹进车窗。

此时的沉默已变得很舒适，还带着享受的意味。接着，你没头没尾地来一句："我好喜欢你！"

你居然失态了，一个驰骋商界的人是不允许情绪化的。但这句话那么叫人心动，简直脱口而出，再也藏不下去了。是啊，后来相处的日子里你说过那么多情话，许下那么多承诺，我却从来没相信过。自始至终，我只知道这句是真的，这一句就足够我爱你那么久，那么深了。

和生意人的爱情，开头最心满意足，结局也最狼狈不堪。几次约会后，新鲜感慢慢消散，你开始懈怠。我幻想过几次和你结婚的场景，但很快明白你并不这么看。你一定对我有什么不满，也许是还没工作，也许是家庭背景，也许我依旧属于那类玩玩的女孩，只不过期限比较长。我不想问你原因，就像我连你具体干什么都不清楚。只知道你工作很忙，乘着飞机全球跑，一个对话没说完，就要随手回一封邮件。擅长投资看准行情的你，怎么会让别人左右呢？我想问了也是白问。隐私对你来说，保护得越严越好。即使对我，你也未曾吐露心声。很多个晚上，我都把枕头蒙住脸，久久不能呼吸。一段时间后，我终于接受自己性价比太低的事实。

不过，我们的关系早已不能用钱搞定。对于你这样的生意人，能用钱搞定的事都不叫事。那些自称喜欢你的女孩，都说看中你的气质，一种脱手而出的绅士风度。我笑了，这不就是势利的另一种伪装吗？音乐品味、穿衣风格、品酒情趣，哪一样不是金钱养出来的？在新时代的谎言下，大家自欺欺人，相互原谅。

可我又喜欢你什么呢？除了这些，你还有什么值得我去仰望呢？或许人和人没有太大差别，漂亮的外壳配上薄情的内在，就足以让生活澎湃汹涌，而女孩们大多世故，爱慕虚荣。唯一的差别是，她们见好就收，而我陷进去后却很难出来。

记得最开始，你回复我的信息不会超过一个小时。但后来时间越拖越长，上午发的内容，往往晚上才能收到消息。你一口气发来好几条，我秒回你之后，又是漫长的等待。我不想打电话催促你，或是责备你。当你趁着吃饭的间隙，当你吻完另一个女人，当你蹲在卫生间的某个瞬间，或许就会想起我的这条信息。也可能一觉睡过去，回复就是明天的事。时差的借口，还能把这条回复拖得更久，也许是两天，也许是一个礼拜。

有时一起吃饭，你会突然记不起我的名字，搞不清我是大三还是大四，读的什么专业。我没办法介意那么多，只能迅速移开话题。有次周日约会，你的车不小心撞到了路边的台阶。咯噔一声，你下意识地叫出声来，立马下去看划痕。回到车上，你心疼地跟我说，这感觉就像自己出车祸。那时，我正想告诉你手上的摔痕。见面前，你让我三点在学校门口等。我提前一个小时化好妆，挑好衣服，坐在校门口的长凳上。到了四点，你还没有来，发信息说临时有事。五点，你让我走到停车场。我有点激动，却没想到一个趔趄摔在了地上。我本想借着这点血顺带撒个娇，但到嘴的话又硬生生地咽了下去。我怕你听完后，只是淡淡地哦一声。

生意做得顺，大发一笔时，你也会富有兴致地问我，想不想去哪里玩。其实我想去的地方特别多，但一看到你，我只有两个字："随便。"我怎么会要你陪我去看无聊的艺术展览，一家挨着一家书店地闲逛呢？生意上的勾心斗角已经够让你头疼，我对你而言，不过就是一次可喝可不喝的下午茶。我不该有那么多复杂情绪，我的忧愁烦恼在你看来，也是不值一提的小事。你把我叫出来，不过就是想听听幼稚的玩笑，年轻的声音，感受一下掌控力的强弱。在我这放松几分钟后，你就立马投入下一场厮杀，或是检验另一个门当户对的女人。有天你谈起一家五星餐厅，说过两天会有德国名厨过来，这场私人宴会只有十个名额。我没有继续接话，我想如果你要带我去，自然会说。而事实上，你说了几道招牌菜的做法和配酒，也没再多说什么。

后来你从包里掏东西，不小心掉出来两张票，正是那场宴会的门票。你在找借口敷衍的时候，我抢在了你的前头：

"后天啊？哎，学校要考试。"你自然顺着话，摸摸我的头："好可惜，下次我带你去吃别的。"我很满足地咧开嘴，心里却在想你的新女伴会是什么模样。总之，我只会在你想出现的时候出现，想消失的时候消失。有时你问我最新款的香水有哪些，说是买给妈妈用。我最不忍心戳穿别人的谎言，可是你个傻瓜，不同的年龄是和不同的香型、味道、浓度相匹配的。我怕你达不到最终目的，便拐着弯地说一大堆："这个有淡雅的花香，不适合年纪大的人用。要不这种？哎，也不行！辛辣的木香，用来催情的！"

这就是你还断断续续来找我的原因吧。两个人的关系忽近忽远，但心领神会的感觉一直没消失。你一个眼神，一个撇嘴，我就知道你的意思了。就像很久前，你带我去参加朋友的派对。因为有事，你把我丢在一堆陌生人中间。懂得调情的女人，一般都不会冷场。你回来时，发现我和那些朋友聊得很欢畅。你第一次透过别人的眼睛看到我，原来我也会魅力四射，原来男人也会吃醋。你走到我身边，我对他们的笑容戛然而止，对你撒起娇来。

"这么晚才回来？想死你了！"当着这么多人的面，你显然很受用这一套，一下子就杀掉了所有男人的风头。要知道重要的不是两人相爱，而是你的面子，你的虚荣。就像你到处邂逅艳遇，享受那种随处掀起浪潮的权力。这样的游戏，我可以陪你乐此不疲地玩下去。

每逢节日，我也会送你一点小礼物。当然这完全比不上你带我出去大吃一顿。但如果世界上所有的事，都能用钱来衡量就好了。你怎么能区分送礼和请客的差别呢？请客是那么简单，订好座位，停好汽车，信用卡一刷便完事了。可挑一个礼物，先要费上几天的工夫思考送什么，若是手工制品，便找好几家店买材料通宵赶制，做不好也许从头来过。若是买成品，还得了解哪一种更适合你，哪一家店的质量更好。曲曲折折耗费那么多心思，可放到你手里的，只剩一个干净的、完整的、微不足道的东西。

有时做手工甜品，我怕一个顺手，你就把你的那份送给另一个女人。所以我通常做两份，一份专门给你吃，一份留着，以防你要讨好女人。当然我不会这么直白："啊呀，上次你说好吃，我就多做了一份呀！"你笑了，但我很清楚，也许你上次根本就没吃。人就是这么下贱，越是嫉妒一个人，还越得对她好。很多次我都觉得你很可怜，那些女人带着强烈目的来到你身边，冰冷的关系外没有一点人情冷暖。也许我这样，变相地替你讨好她们，她们给你的笑容就能真诚一点，抱你的时候就能用心一点。

怎么说，总会有女人让你奋不顾身。就像我在伤害别人时，也在为你奋不顾身。或许你很困惑，我源源不断的快乐是从哪里涌出来的。好像你对我的不冷不热,我全都能视而不见。这样说来,我可能和你一样不专一。没有你在的日子里,我也找别的男人吃饭、逛街、看电影,把对你的不满统统撒在他们身上。你对我该负的责任,我也全推给他们。

这样下次见你时,我充满期待,开开心心,你也一身轻松。要知道太多人自以为是地付出,根本不考虑会不会过剩,是不是负担。因为付出意味着索取,让情人有愧疚感也是一种罪过。我不会为你付出太多,更准确地说,不会让你知道我付出太多。我希望你想起我时都是最好的模样,没有压力,也没有痛苦。

若你需要一份长久而忠贞的爱情,我完全可以给你,但你并不需要。我太懂你的心意了,一个人爱另一个人的最好方式,便是迎合。没有自我,没有脾气,按照你的意愿变成任何一个样子。那种爱刚刚好,不多不少,只有在你需要的时候才会存在。

而当你找我的次数越来越少,回复的时间越来越长,我猜你大概不要我了。你从未告诉过我你的工作地址,只是在某晚兜风时,慵懒地把手伸出车窗一指,公司就在那几栋高楼里。可具体是哪一栋哪一层,你没再继续说下去。也许你害怕我有一天找上门,向你讨要,无休止地索取。

亲爱的,怎么会呢?我这样徘徊在那几栋大楼间,不过是想偶然地见你一面，在你下楼吃饭的时候，在你去停车场的路上，深深地望一眼。就那么一眼，不会多占你一分一秒、多费你一丁点的精力。而在某个浪漫的黄昏，我真的撞见了你。你从那扇玻璃门里走出来，和几个西装革履的同伴边说边笑。你看见了，你确实看见了我，但没有作出任何反应。在那淡然的目光下，你像经过一棵树一样，镇定地、自如地、毫无联系地从我身边走过。

也许我连一棵树都不如，只是挥之即去呼之即来的风。你玩着玩着，它就散了。而结婚这天，便是我离开你的日子。不强求，不拖泥带水，将来你想起我时，依旧满心欢喜。

轿车烧掉最后的汽油，唱片机换上新的黑胶，酒吧里的人纷纷散去，早餐店的三明治刚好新鲜出炉。而滚滚红尘中，那份卑微的、低声下气的爱，终于也熄灭了。

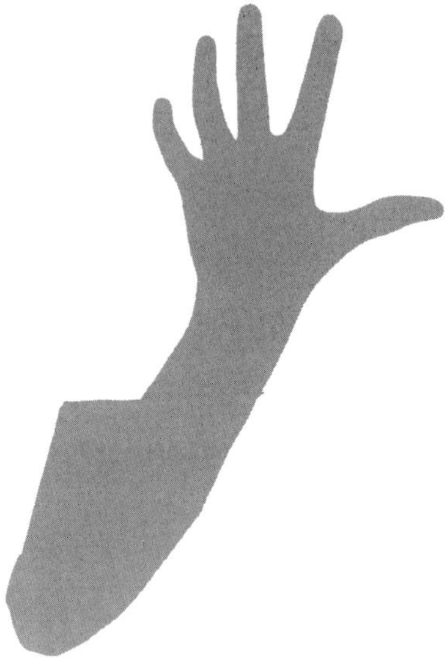

防狼小队

第一次跨进大学校门时,我反复警告自己,不要和任何一个人走得太近。萍水相逢,擦肩而过,都没有问题。有问题的是用心。大人没教过,书的字缝里也没写过,凭着与生俱来的直觉,好像必须得这么做。从小到大,认识的人都说我是上黑板的乖乖女,规矩,听话,又因为太懂事而不知拿我怎么办才好。其实他们不懂,一个跟着直觉走的人是最叛逆的。

梦娇和争争当然也看不出来。舍友四年,梦娇一直叫梦娇,争争本来叫真真。家人的心愿浓缩在两三个字上,是光环,也是一辈子的镣铐。过来人都小心眼,不说为心愿付出的代价有多痛。

那年我从江南去大西北读书,高铁还没停站,一身的水已被榨干。我拖着箱子,在宿舍门边喘气,想进,脚又怕生。眼前,梦娇爸爸已帮她收拾好一切,腆着啤酒肚,一副官腔的笑很扎眼。本地人就是方便,开车方便,回家方便,走后门也方便。

梦娇坐桌边，正愁怎么摆一堆毛绒公仔。拿上柜又拿下来，也许更愁的是把自己摆在哪儿。梦娇自恋，不舍得每个被注视的机会。很快，她的眼神划过来，在我身上划出一道伤口。瞬间，我感到她在眼神里对我做出了判断——这个女孩比较次，做事不用看她的脸色。不过，梦娇多少有点脑子，从大人那偷学也记得学全套。下一秒，她就收起这眼神："舍友你好呀，我叫梦娇，梦幻的梦，娇贵的娇。"语气里似乎很得意这个名字，或者说自己拥有的一切。梦娇把其他女生当男生看。

后来，争争也这么介绍："我叫许真真，真实的真，真诚的真，和你们一样，都是社会学专业的。"梦娇一听反问道："咋不是仿真的真？"此刻争争的笑只给到一半，放出去也不是，收回来也不是。好在她是一个行动先于思想的人，脑子还没琢磨完这句话，嘴抢先一步："都是一个字，没啥区别！"

宿舍里四张床三个人。这下放心了，梦娇算老大。

和梦娇一样，争争也是西安人。但两个西安又不是一个西安，起码梦娇是这么认为的。她倒没问争争从哪个城中村出来，反正一碗羊肉泡馍，有人是羊肉，有人是馍，有人连汤头都算不上。争争的笨在脸上，手脚却很灵活。铺床，擦桌，端一盆水擦地时，像在村口捧一碗油泼面。农活做多的样子，却显得脸上更笨了。当然，人再笨，也能分清起码的优劣。她有事没事地找我说话，眼神却偷瞄向梦娇。仿佛钓鱼，却没有诱饵，只能干着急地抛一根竿。忽然我感到一阵恶心。争争真心实意地示好，让我觉得自己和她一样卑陋。

在西安读大学，说不上好，也不算坏，有种命该如此的平静。反正去哪儿都有得有失，做什么都可喜可悲。我惊讶于自己的冷漠，以及一种还没长大就已衰老的悲凉。想这些的时候，争争正冲着食堂窗口大妈喊："浆水鱼鱼！大碗！"她扑腾扑腾地，声音假装鲤鱼跃龙门。

才知道浆水鱼鱼不是鱼。不是所有年纪增长的人都会长大。不锈钢盆里，油腻腻的鱼晃着。分不清肚皮还是背脊，分不清活的还是尸体。"玉米面做的，老陕小吃，你肯定没吃过！"争争说的时候，十几条鱼游进她嘴里。好像电影里结婚摆宴席的画面，端上来的也不是活鱼，是"摆着是个意思"的木鱼。不用来吃，用来看。哦想起来是陈凯歌的电影《黄土地》。陕北农村，信天游，干裂土地，浑浊黄河，争争的两坨高原红就这么被吹出来了。想问她有没有看过，但又缝上嘴。不是文艺青年犯不着显摆，再说争争应该也没看过。

争争把一大碗浆水鱼鱼解决了，连汤都没剩。她吃力地呕一个饱嗝，指着我的碗问，咋还剩这么多，不好吃吗？我摇头说，好吃，但我吃不下了。她可惜地摇头，你们南方人的胃就是小。

不是胃小，是克制。我习惯性地把这句话在心里舔一遍，咽下去。那时起，我就知道争争是用力过猛的人，一个肉夹馍足以吃饱，她嘴馋，偏要吃两个。

第一次吃浆水鱼鱼时，还没正式开学。黑压压三千多人，穿着军装，分到校园各地踢正步。军训是高中和大学的无缝对接。脚离地面二十五厘米是诗词默写，实弹射击是命题作文，黑脸教官是批卷老师。那时还没人逃课，没人敢对统一标准说一个不。不喜欢，但依然按部就班地做。争争更是咬牙，力气全绷在踢出去的腿上。想起她刚进这学校的激动，好像努力过头中了彩票。能坚信种一颗种子得一朵花的人是幸福的，我羡慕争争，因为我常觉得种一颗种子，仅仅是种一颗种子。

那时大家都在暗中较劲，想争第一排的位置，最后大检阅时被首长一眼看见。夜深在床上，听着争争汗水浸过的熟睡声，我总在想站第一排和第二排的差别。加不了学分，拿不了奖学金，只是优人一等的感觉吗？首长要看那么多连队的那么多第一排，批发市场里摆好的帽子，遮得一张脸都看不清，究竟是在争什么呢？这个问题困扰着我，几近失眠。要到很多年后我才知道，军训只是一种模拟练习。出国镀金和家乡土著，自己男友和别人男友，婚礼排场和孩子成绩，人生的意义就在于比较而不知为何比较。

等到某天早上，争争用二十出头的防晒霜涂高原红，梦娇挤着上千的精华液敷一条象腿时，我终于想出了一个可信的理由，或许争争喜欢上教官了。喜欢说一不二的脸，喜欢有棱有角的威严，喜欢被叫到队伍前做示范的感觉，喜欢他可能给的一点特权。

但争争真的不太懂规则。那晚中场休息，教官卸下脸，问累了一天，谁能表演个节目轻松轻松。刚散架的骨头又僵成木偶，大家望着彼此，一动不动。熬过尴尬的半分钟，梦娇站了起来。几乎是沐着所有眼睛的光辉，她忸怩又不忸怩地笑，要不我唱个歌吧。当所有人连同教官，一起帮梦娇拍手打节奏时，我在想，她可真会啊。这话要早半分钟，就也没欲扬先抑的效果了。不是唱得多好，是每个人都松了口气，终于有人救场了，终于不会被点名了。

梦娇唱完，有些人也壮了胆，陆续站出来。教官很满意，一切几乎都是梦娇的功劳了。"教官，你鞋带散了！"梦娇趁热打铁地喊了一句。教官低头一看，压根没散。但他不怒，表情里反倒多了份宠溺，这小女孩太皮了，还真拿她没办法。第二天训练，教官有意无意在梦娇身边打转。他盯着时，她比谁都咬牙。一背过身，她就从内而外地瘫了。争争望着教官和梦娇，大概第一次知道什么叫偷懒，什么叫偷懒比努力还有用。

军训结束后,争争失落了好一阵。不知是因为教官走了,还是教官给梦娇太多关注,还是梦娇得到很多关注,却没因为教官的离开而有一丝难过。争争像被戳破一个洞,和梦娇讲话时都在漏气。自己最想要却得不到的,偏偏是人家轻易得到又不要的。大学第一课上得真好。

脱掉军装,大一正式开始了。数着格子衫蓝拖鞋的标配理工男,充斥公共澡堂的地下水气味,南门口横亘的黑暗料理一条街。在这弱肉强食的沙坡村男子技术学院,一个新生要怎么活下去呢?很快,班里出现了三类人。第一类人比高考生还高考生,会发邮箱的幻灯片要抄,分享的励志故事要抄,老师放的屁也要抄。第二类人只想着下课,手机藏在课桌里,一会儿吃什么,要去哪里玩。争争是第一类,梦娇是第二类,我是看着她们的第三类。

大学课堂就是这点好,随时可以睁眼休眠,闭眼偷听。而别人并不想辨别你是醒着还是睡着。课上了一个月,也没搞明白社会学有啥用。但我已成功改善了一点南方口音,"什么"要说成"啥","怎么了"要说成"咋了",有时找人聊天,上来就一句"要不要谝一下"。在车速剽悍的城墙边,羊肉泡馍的热气里,说两句就能干架的回民街,就是要这种一个字砸下去的横。说不上喜欢,但很入乡随俗。我想以后到了职场，我也能假装喜欢别人的喜欢，习惯别人的习惯吧。挺社会的，比专业课还有用。

虽说争争读书老实，但心思一点不老实，总把梦娇的点点滴滴偷到眼里。白也行，黑也行，就怕不黑不白地搞不清自己是谁。我感到争争心里某个地方在坍塌。

梦娇进了校合唱团，而且境遇曲折。头几次一蹦一跳去排练，回来埋一脸土。下次坐在化妆镜前更久了，哼歌的嘴，好像一口漏水的马桶。但也没用。我想梦娇要是输了嘴，还能用脸挽回。可惜脸也没帮上忙。听说是和一个粉红娃娃脸的小女生竞争，当评委的学长是钢铁直男，不喜欢梦娇这种宽肩高颧骨的肉感品种。

当时正好上性别社会学一章，梦娇气鼓鼓抄刻板印象的定义，笔都戳破笔记本。她也不提自己唱歌业余的事，逮到人就说，直男癌真可怕。更巧的是，学校那阵在传谣言。"听说啊，就是小树林那块，通宵自习的女生出来，走着走着，就会被一只莫名的手捂住嘴，然后拽进去乱摸一通。看不清脸，也没监控，你们说可怕不可怕！"一个感叹号撂在桌上，梦娇说得五官都累了，女生们纷纷倒吸冷气。

我皱起眉。我们俩同时听到小树林有色狼这几个字，她怎么就比我知道这么多细节？更惊人的是，这种板上钉钉的语气，说得好像梦娇当时就在场，好像她恨不得就是被害者本人。话说完，她的衣服也被扒光了。"你们知道更可怕的是啥吗？"梦娇继续一惊一乍，大家摇摇头。"更可怕的是居然有人说这女生有问题！说她穿太少，大晚上还要化妆。你们知道这叫啥吗？"大家接着摇头。梦娇更兴奋了："这叫荡妇羞辱！以后上大三就会学到！"

上课看书都能拿倒的梦娇，连两年后的知识都掌握了。班里的第一类人很震惊，像一口吞了个蛋，咽不下去也吐不出来。第二类人就笑笑，觉得游戏人生，太阳底下无新鲜事。后来在梦娇的带领下，这两类的其中一些，加上学院认识的、社团勾搭的、名声外传而自愿加入的，凑在一起组了个队，名字就叫防狼小队。

梦娇自己也说不清组队的意义，笼统一点，就是女性得站起来了。凭什么穿着性感的女生活该受欺负。凭什么享受性爱的女生要被骂放荡。凭什么男生可以炫耀不同款女生，女生却不能建立男友博物馆。凭什么，到底凭什么。所谓的狼，就是反对这些凭什么的人。不过，梦娇的逻辑比她的五官还乱。看那张义愤填膺的脸，我只觉得她在报合唱团的仇。说什么已经不重要了，重要的是她抓住了人心，她重新成为了舞台焦点。

争争听完后，一周没缓过来。第一次知道教科书也有错字，正义使者可以是邪恶的帮凶，人活着仅仅是为了等死。

每晚，她都在清真食堂吃一碗大盘鸡面。鸡肉会被吃掉，土豆会被吃掉，宽面也会被吃掉，自己究竟会以哪一种身份被吃掉？吃到第七天，争争决定加入防狼小队，决定把许真真改成许争争。

那天我和争争坐在腾飞塔边，看塔下的人像雕塑。"听学长说，她叫不挂女神，和她合影可以保证大学四年不挂科。"我故意说给争争听，是想暗示什么吗？也许是的。争争的沉默在汹涌。过了一会儿，她说："当然不能挂科，但我们也可以尝试一种新生活对吗？"

我没法说不对，但又隐约觉得这对争争来说太危险了。用力过猛的人，一旦瞄准某个方向，很容易扎进去出不来。何况她的老家在黄土深处，挑水得翻几个山头。要知道带她玩的人，家里就有水。想到这，我讨厌起梦娇的不负责，她鼓吹身边所有人。顺应的就是新时代女性，不顺应的就嘲讽人迂腐。她以为所有人都和她有一样的爸爸。不过转念一想，我又有什么资格去指点别人的生活？说好只是点头之交，怎么给忘了？想到这，我在心里甩自己一个耳光，沉默了。

后来我也加入防狼小队。不是反男权，不是好玩，不是真的要做什么大事，就是想和梦娇处好关系。人际交往是混职场的重中之重，现在处理不好了，以后也会处理不好。而且我清楚自己进去了还能出来。我对自己的变通很有信心。

一开始,防狼小队的成员常坐南草坪上。围成一圈,中间放切好的西瓜和菠萝,配冰峰配果啤,配各自的爱情经历。用梦娇的话来说,这叫团建。可刚进大学,几乎谁都是一张白纸。"那就去浪吧!"梦娇仰头干掉一个玻璃瓶。"不是要防狼吗?"有女生小声嘀咕。梦娇把瓶一甩说:"就是因为防狼,所以我们才要找回自己,证明自己!""那什么叫浪呢?"又有女生听不懂。梦娇摆出大人的架势说:"浪,就是我的身体我做主。"话音刚落,一股烤肉味的躁动弥漫开。每个人都是新鲜板筋,现在就差一把火了。

不知为什么,明明是自己做主,小队却慢慢形成一套默认流程。化妆打扮,抽烟喝酒,夜店蹦迪。最好主动追求,分享性爱,绝不向男性屈服。也有人质疑,但梦娇东拼西凑了一堆理论,说到后来不耐烦了:"想玩就玩,不玩就滚,咋这么多废话呢!"争争话倒不多,靠的就是行动。上百一次的美甲店去不起,就买几块一瓶的指甲油自己涂。眼线像蚯蚓爬在眼皮上,被人一说就揉眼,假睫毛掉了下来。两坨高原红被粉底液埋葬,淘个小包爱不释手,却连商标仿名牌都不知道。

那年我和争争都穷得可怜,在商场橱窗外呆站半天,最后还是去了康复路。那里有整个西北最大的批发市场。杂货铺门口喂小孩的黄土妇女,成人用品店里文花臂的青海大汉,卖胡辣汤的小贩，八仙庵的算命混子，他们可能都和争争在同一家店里买过衣服。我坐在柜台边，看她挑衣服，试衣服，在镜子前摆手弄姿，因为还价不成又转移下一家，乐此不疲。不管面料扎不扎，不管线头脱不脱，只要诱人，只要便宜。一种从地底渗透上来的气息流窜着。我知道争争在努力摆脱这种气息，可不管怎样，她始终像一具赝品。

晚上，争争带着战利品回到宿舍。因为嫌弃卫生间的半身镜，梦娇要我们均摊买一面全身镜。十五度倾斜，照起来特别显瘦。梦娇的目光在争争身上来回扫荡，扫得她千疮百孔。露了沟，收了腰，争争都不像争争了。这下梦娇很满意。没有土到带不出去，但站在梦娇身边，又能衬得她格外光彩。

争争心眼实，捕捉不到这么微妙的心理。她照着镜子，溺死在里面。原来可以这样穿，可以性感得底气十足，原来和电影杂志上的女明星也没多少距离了。不知何时，梦娇也换上战袍，和争争抢镜子照。还没嗑药，就已产生幻觉。还没恋爱，就已爱上自己。要是一辈子有资本也就算了，怕就怕倾家荡产，还戒不了瘾。我窝在床边看她们，羡慕又可怜。

猛然间，争争转过头说："梦娇，你带我们去夜店吧，上课真无聊。"梦娇还溺在镜子里，甩都没甩一眼就点了头。那一刻，我觉得争争在渴求一种场景，一种类似教官在梦娇身边打转的场景。似乎能重新理解"康复路"这三个字对年轻女孩的意义。原以为老人气太重,是病残者向正常靠拢。但如果正常的本就病残,压抑的本该解放呢?争争一脸潮水,好像沙漠夺回大海。

很快,争争开始练习抽烟。其实完全可以点上火,假装在抽。其实完全可以不用抽,真正身体做主的人不会在乎别人。但争争太真,她做不到假装,又想要假装。只好说服自己,抽烟是应该喜欢的事,总有一天会喜欢的。那晚,我和争争坐45路公交去钟楼找梦娇。刷了卡,一些异样眼光迎上来。争争拽住有点短的裙摆,她一时还做不到梦娇那样由内而外地开放。坐在最后一排,风追着脸跑。看窗外流动的夜色,糜烂的灯火,争争不再拘谨了。她在耳边问我,这是不是最好的青春。我笑笑没说话。

夜店门口站着西装革履的保安,露背晚礼服长在女人身上。她们踩着高跟,踩着我和争争的眼球,走进去了。梦娇很久才出来接我们,张嘴就是一股酒味。大概是刚刚玩太疯,没听到电话。不知道怎么走,步伐要迈多大。也不知道怎么笑,还是不要笑。我和争争跟在梦娇身后,装出熟门熟路的样子。卡座上已坐了好些朋友,几个女生是小队里的,几个男生和梦娇认识不久。不久是多久,我不清楚。说不好刚进门才搭讪。

可谁要管这些。大家干了杯,介绍了名字,便各玩各的。

一个眼镜男坐到争争身边，想必是装老手的新手。眼神扫一圈，不敢搭讪质量太高的妹子，又不想一人干坐显得丢脸，便看中了争争。眼镜男问，喜欢喝什么酒？争争摇头。眼镜男问，会玩骰子吗？争争摇头。眼镜男继续问，去舞池跳舞吗？争争还是摇头。眼镜男干了半杯酒，又问，你是第一次来夜店吗？争争终于点点头。眼镜男想叹气却收住了，心里似乎自负地想，第一次来不会，但可以教她玩啊。

干了冰块威士忌兑出来的幻觉，争争便跟着眼镜男，深一脚浅一脚地去舞池了。反正年轻，酒是假的，爱是假的，只有开心是真的——看着他俩的背影，我想起某晚梦娇喝多回来说的醉话。

争争和眼镜男站在舞池边，都很笨拙，不知是伸手还是跺脚。刷一会儿手机，我抬头，发现争争已踩着节奏晃了起来。喝完一杯酒的工夫，我再次抬头，争争居然蹦跶到了中央，眼镜男却依然在舞池边做老人操。我扑哧一笑，想他心里一定骂了无数遍脏话，不是第一次来吗，怎么第一次来就这么疯？

喝醉的灯光是最好的粉底液，隐匿着争争自卑的出生和贫瘠的过往。她没跳得多好，甚至很糟糕。但我看着她，看着看着竟忘记了呼吸。争争用力过猛的姿势，让我在一刹那相信，她真的沉醉于这件事本身，真的在以一种剧烈的姿态燃烧生命。都说夜店是一口大染缸，进去了很难洗干净。我却觉得不是争争被染，是她体内强大的热量被释放出来，泼了一整个舞台。

我提前离开了。我反复对自己说，我抽烟、喝酒、去夜店，只是为了积累经验，为了聊天有共同话题。这样在职场上能升得更快，社会上能混得更开。有些事做一次就够了。感谢被看成隐形人，感谢自己的沉默。但我不敢承认的是，我怕和争争走得太近，会变成和她一样的人。

第二天被梦娇的声音吵醒。探出头往床铺下看，发现梦娇在骂争争。听了半天才听懂，原来昨天玩到后半夜，女生一一被男生瓜分。眼镜男憋着一股气，执意要带争争单独约会。谁知争争不同意，加上酒精冲头，一巴掌就晃了过去。眼镜男没站稳，一个踉跄摔倒，撞得玻璃杯碎一地。

梦娇气得扣子都快崩了，骂她："你不想去就拒绝，你干吗动手！"争争红着眼解释："他硬拉着我，我甩不掉才动手的。"梦娇一时找不到舌头，只好耍赖："你这样砸我场子，我以后还咋带你出去？"争争不反驳了，任凭被踩灭。我就不懂了。明明是梦娇说凭什么穿着性感的女生活该受欺负，明明是她建立了防狼小队呼吁女生们站起来，争争到底做错了哪一点，要这样被指责。

梦娇被宠惯了。她以为只要她丢了面子受了委屈，就一定是别人的错。幸运的是,她遇到了一个比她逻辑更差的人。更幸运的是,唯一看懂逻辑的人,也没站出来说话。

之后很长一段时间,我都一个人吃饭,泡图书馆,在胭脂坡思考未来。时常在路上,也能听到防狼小队的八卦。谁谁谁吐槽理工男的清一色穿搭,谁谁谁一个月换了三个男友,谁谁谁在网上集体炮轰处女情结,谁谁谁集齐了各种快捷酒店的金卡。梦娇逮着机会就问我,怎么不去南草坪团建了?怎么不一起出去玩了?我很想说,我不想被你们耽误。但话到嘴边,喉咙口伸出一只手,又拉了回去。我说,你们长得漂亮,我太普通,就不拖后腿了。梦娇听完甜到心头,但还是摆出扶贫的口气说,再普通也能收拾漂亮,别气馁,我会帮你的。

梦娇很精明。这是十三朝古都的地盘,这是男女比例七比一的学校,防狼小队不火也得火。终于,她如愿站上了更广阔的舞台。而我只想当一个主流的人。主流的人没有光环,但不会犯错,不会得抑郁症,不会艰难地对抗世界却一无所有。

防狼小队的昵称叫放浪小队,一个只讲女性特权而不讲义务的民间团体。

没过多久,争争小心翼翼地,要带我去城墙上看夜景。她以为她做错什么,让我有意无意地远离。其实是她太明亮,我见她就像照一面镜子，见到那天清晨沉默的自己。站在城墙上，争争指城门外的方形墙体说，那叫瓮城，古时候打仗，如果敌方冲破箭楼跑进瓮城，就可以把大门关闭，从四周城墙上往下放箭。我点点头。想着西安处处有玄机，想着我们都是瓮中之鳖。

踩着一块块砖，数着一栋栋房，我很想问争争的近况。但别人的事少插手，插了也容易插错，还是闭嘴吧。夜色浓稠。一边是城墙根处的广场舞，分不清流行乐还是唢呐声。一边是顺城巷的啤酒涮牛肚，专治疑难杂症的小诊所，理不清也看不清的老旧电线。想象明天一大早，一波接着一波的人会涌来这里赶早市。提着菜篮，和小贩吵架，一派烟火。那是人生中唯一能挑三拣四的时刻，那是大多数人的生活。

想到这，我和争争刚好走到整个西安的中轴线上。中轴线往前跑，跑到最中心点的钟楼，便停住了。思考该往哪里走。我知道，有人能穿过钟楼，一路走在康庄大道上。有人追求别致，顺着小路细水长流。有人处理不好自己的矛盾，走着走着就卡住了，永永远远地卡住了。

"还没跟你说吧，我进了学校话剧团，想当一名演员。"争争的眼神钉在远处的钟楼。我很惊讶，惊讶的不是进剧团当演员，而是她居然当真了。我还能说什么，我只能说："玩一玩也挺好的，别耽误了学习。"争争贪婪喝一口晚风说：

"我不是玩,我真喜欢上话剧了。"我看着争争,很想问你究竟喜欢话剧本身,还是喜欢话剧带给你的感觉。不过,按照习惯,我还是把这个问句放到心里舔一遍,咽了下去。

回校的时候,我们站在马路对面,看永宁门看了很久。真漂亮,漂亮得忘记要怎么形容。人人都向往这光辉,都想在这光辉里分一碗羹。可下面的人总是看不懂,上面的人到底做了什么,才能如此优雅而智慧地生活。上面的人什么都不会说,一点不说。

不能分清争争对话剧的喜欢有哪几种,但我肯定,她比梦娇更明白,什么叫我的身体我做主。我偷偷去排练厅看过。乌泱泱一堆人,三五成群地排戏。争争拿着剧本在角落,正对着镜子念台词。站一旁的两个胖子说相声,其他人笑得腰弯成大虾。争争却聋了,聋到只能听见自己的声音。有人在笑争争,拉扯着衣角,用一种不怀好意的目光。那个女生的动作咋这么夸张,说话口音贼重。她哪儿来的自信?谁知道。也不知道咋进剧团的。这不是谁想进来都能进来嘛!

争争还是聋的。直到团长说排练结束,各小组上台表演成果时,争争才看到别人对她笑。她也笑,觉得这里的人太友好了,自己得谦虚一点。演完一轮散会了,我才发现争争压根没上台。她一个人一组。

争争出来,见我在门外等她,便激动地涌上来:"你觉得咋样，话剧是不是特有意思？"我不知道说什么，只好看着她笑。我突然觉得，如果争争这样的人此刻在表演，她就会一直表演。演到分不清戏内戏外，分不清台上台下。

某天回宿舍，看到一个女孩怯怯地在门口徘徊。上去一问，才知道是争争的老乡。打工路过学校，便顺道望一眼。我本想冲进宿舍整理一番，但见老乡比争争还嘴拙，好像一碗回民街的粉蒸肉。我努努嘴作罢。粉少肉多，看着就实在。

谁知粉蒸肉根本没在意宿舍的脏乱差。她坐了下来，东看看西瞧瞧。目光粘在梦娇的一排口红和香水上，过一会儿，又扒拉在争争的照片墙上。"同学，这是争争吗？"粉蒸肉指着一张照片问。那是某次防狼小队聚会，争争租了一件小礼服。"这个呢这个呢，里面有她吗？"粉蒸肉又困惑了。我努力半天，才从一堆面具人里找到争争。那是话剧团办的假面舞会。

粉蒸肉显然惆怅了，但还是想确认一下："她是不是在学校过得贼好？"贼好是多好？我想了想，点头。粉蒸肉又问："她小有名气吧？"好名气还是坏名气？我想了想，点头。粉蒸肉继续问："是不是贼多人羡慕她？"羡慕她纯还是蠢？我在心里叹气，面上还是点头。粉蒸肉原路返回到照片墙上。更惆怅了，甚至还多了下意识的防备。她们本都是一样的出生。

我忽然想起一次在酒吧，大家聊得快把天花板给掀了，争争却始终没插上一句话。后来杯子都见底，她咬牙点了一整瓶威士忌。刹那，我大脑无法计算这相当于她多少天的生活费。酒保拿酒过来时，争争眼角有亮晶晶的得意："这是我请大家喝的！"气氛冻住了，有种不知喝还是不喝的尴尬。后来，她的真心和慷慨还是如愿被瓜分。只是到散场，她依然没挤进来说完一句。我以为是争争不像梦娇那样会挑时机，但转念一想，这不是会不会的问题，是有没有人要听的问题。

不愿揭穿争争所有的生活真相，也不愿她被不知情的人恶意嫉妒。这样想着，我竟无知无觉地拿出促销时买的进口零食，递给粉蒸肉。"争争买的。她对朋友很好，我们都很喜欢她。"我轻描淡写带过。粉蒸肉一愣，小心拆开零食，一口就嚼了大半天。争争回来后，把粉蒸肉领走参观学校了。俩人你说我笑的。我想，争争这次终于找回一些尊严了吧。走到书桌做作业，不知怎么，看着书本上"社会分层与流动"几个大字，我猛然悟到社会学的意义。争争没好好学，根本不懂其中的残酷。

太早成功容易出事。强迫自己明白这个道理，是因为争争。谁能想到，一个实在找不到人的角色，最后竟砸到她的头上。只是那天，我从学校大礼堂看完演出回来，才知道找不到人不是演不了，是没人想演。谁愿意在那么多人面前，像一具滚着白肚皮的母猪，装疯卖傻？谢幕时，争争赢得了最多的掌声。有些冲着她的勇气，有些是别有用心的起哄，还有一些更直接，高喊着让争争再来一段。争争全盘接受，她以为大家都出自同一种善意。

再来一段让我们取笑取笑吧，我想这才是原台词。

演出后争争请我吃饭。两个人围在路边的蜂窝煤炉边吃串串，锅底不要钱，无论荤素每串两毛。如果高于这个价，我就不会让争争请客了。长此以往，她以为我真的很喜欢吃串串。红汤辣油在锅里尖叫，争争手里拽一大把竹签，问我要毛肚还是鸭肠。我说随便，反正吃起来都一样。

是啊，反正我们这种人，做什么结局都一样。

争争干了一瓶冰峰，问我："演得咋样，你喜欢吗？"我也干了一瓶冰峰，以腾时间想出最中庸的回答。"争争，我喜欢，但是。""你喜欢就好！来，干杯！"争争打断我，她总是有一种让人欲言又止的能力。干完冰峰，开始干锅盔。争争嘴里含糊不清地说："我准备考研，考到北京去，学表演。"我一听皱眉问："这也太难了吧，你要不再想想？"争争摇头说："一次不行就两次，大不了去北京闯一闯，总有剧团会要我吧。"见我眉头皱得更紧，争争不让我说了。"哎你要相信我，我改名叫争争，这辈子就图一个争！"

争争说得太用力，辣子溅到我脸上。她自信她的演技，以为溅到谁身上都烧出一个洞。但其实那不是表演，今天台上的角色就是她自己。早到的成功，可以被成熟的人消化。迟到的成功，可以把幼稚的人变成熟。而早到的成功降临到幼稚的人身上，只能是一场灾难。

喜悦飞驰得太快，快到争争的心智来不及成长，快到她无力认清这成功的虚假，随之而来的代价。争争还在幻想，说得我头脑嗡嗡一片，只听见隔壁桌传来的抽泣声。一个女生独自蹲着，不停把竹签往嘴里戳。分不清是太辣，还是太迷茫。只有远处把背心撩到啤酒肚上的烧烤摊老板，对一切都习以为常。不上菜的时候，他就沉默抽烟。

我不让争争再吃了，把醉醺醺的她往宿舍拖。争争一路发疯，不是高声念着戏里面的台词，就是一个劲打我，问我干吗活得这么累，笑也不敢大笑，哭也不敢大哭，就连吃自助也只吃七分饱。

那时我满脑子都是社会学考试。还有几天了，我却什么流派都搞不清。不是不上进，我只是在锻炼一种能力。一种危难突然降临，但依然处事不惊的能力。如果说现在是考试挂科、手机被偷、舍友霸凌，那放到未来就会是裁员下岗、孩子被拐、丈夫出轨。命运不会等你做好准备再出击。为了避免绝境，为了过上最主流的生活，我必须把自己扔到不同的情境下进行演练，这样才能确保一切都在控制中。

其中包括面对梦娇的表情。每当她领着一批女生，光腿露沟地在寒风中招摇过市；每当她拿着老备胎送的手机，咒骂连口红色号都分不清的新男友；每当她在社交软件上和"附近的人"聊天，同时帮队友扒皮那个约炮打架的前任渣男——我都会保持一种似笑非笑的赞许，这种表情对面部控制能力的要求很高。时常因为注意力不集中而僵硬，也会因为太集中而难以恢复。不知道争争有没有接受过这种表演训练。

当然，我心里还是质疑，梦娇能数清自己有多少个男友吗？她真的知道自己在做什么吗？一回宿舍，踩上这长发和皮屑混杂的污渍，闻着空气里的冷冻炸鸡、一整罐的烟头、过期的香水，我都感觉，这十多平米的地方对梦娇来说，就是一个后台的化妆间。她日抛式换男友，却从来没爱上任何一个人；她以叛徒的身份让公众瞠目结舌，却从来不喜欢这些行为本身；她需要有人为她的自恋添柴加火，一旦做不到便迅速踹掉；她以为自己很独立，其实她的价值都仰赖男人的赞同。

和争争一样，梦娇欺骗自己，几乎到了以假乱真的程度。她们可以无休止放纵，随时随地表演。哦这两个幻想的奴隶，防狼小队的楷模。

校外租房前，我问自己，是不是有责任把真相告诉她们？

可困惑的是,我自以为的真相,和客观的真相还有多少距离?更困惑的是,一个人究竟活得明白点好,还是糊涂一辈子好?而我又凭什么把自己的生活方式强加给别人?一个问题也没想通,我便沉默着搬出宿舍。后来在厕所听到同学们对我的评价。她叫什么来着?我也不记得了。反正听梦娇说,她总装出一副老好人的样子,其实特冷漠特自私。林子大了什么鸟都有,你看她们宿舍三个人,哪个正常?

我一直对自己说,不要和任何一个人走得太近。搬走后,我的活动范围几乎扩散到校外。学校也残酷,但离真正的社会还是很远。有时我坐在德福巷酒吧,看欢场男女怎样拒绝同一个卖花大妈;有时围观广场舞,研究新疆大叔游移到不同女伴身边的路线;有时捧一个肉夹馍蹲在路边,看书院门的老人拌嘴,洒金桥的回民撸串,西二环的公交飙车。

想要过主流的生活,必须掌握适应社会的多种技巧,以及看透人性的眼力。而且关键节点上,千万不能犯错。我们家太普通,我没有从头再来的资本。

日子过得很快,一晃一晃地就到了大四。期间我转到工商管理,这个专业好找工作,特别万金油。有时经过排练厅,我还能听到争争背台词的声音。那时话剧团的人已换了一波又一波,老腊肉前脚刚撤,小鲜肉就扑了进来。但唯一不变的共识是,剧本、戏服、掌声都是暂时的,少有人能靠这些过一辈子。

不明白争争的自信到底从哪儿来。虽然后来和她很少接触，但她的故事还是不断传到我耳边：走在路上就演起戏来，别人越反感，她就越觉得是一种胜利；死皮赖脸地想当女主，却因没成功而在排练厅尖叫捣乱；主动追剧团男神，被拒后又喝醉酒，冲进男生宿舍大声唱歌；文身、挂科、打架，炫耀般晒在网上，有人说她早已碾压梦娇，成为了防狼小队的老大。

没有亲眼目睹这些剧变，但离我当初的预感也不太远了。我常在想，争争如何在自我迷恋中越陷越深，而其中的纯粹又如何被人误读成一个笑话。

毕业前几个月，我在校门口撞见争争。愣了很久，怎么都认不出眼前扎脏辫打唇钉的女孩。她似乎习惯了异样的目光，瞥我一眼，浑浊地一笑。我问："考研怎么样，要去北京了吗？"她不屑地说："北京有啥好的，我都被陕西人艺看中了。"我有些冻住，一时找不到舌头。争争也不想多说，用一种字正腔圆的口吻结束这场寒暄："我得走了，还要去小剧场排戏呢！"

看她一扭一扭地走远，一种强烈的好奇驱使我跟了上去。争争的确来到了人艺剧场门口。但她晃荡了几圈始终没进去，反而坐在马路边的台阶上，点燃一根烟。抽完一根烟的工夫，好像戏也排完了。我现在相信，她没有强迫自己在抽。她真的喜欢上了这件事。争争还是那个争争，但真真已不是那个真真。

后来，我又跟着她来到一家地下摇滚酒吧。争争熟练地和一路人打完招呼，便窜到人海的最前排，脱了皮夹克，顶着半截裹胸，开始歇斯底里地尖叫，甩头。

"听说最前面那个是很有名的果儿。"

"叫啥？"

"争争！"

"哈哈贞操的贞？"

"争取的争！"

"不错！小妞挺硬啊！"

在轰炸心脏的死亡金属中，我一边努力辨别耳旁的这段对话，一边看着争争用身体和别人冲撞。要到后来，我才知道这种不要命的动作叫pogo，从台上跳下去被歌迷接住叫跳水。此刻，争争就在人浪上方翻滚，无数只手摸着她免费的身体。一切的躁动、怨愤、空虚都掖在上面，过瘾到窒息。

有一刹那，争争的脸上流露出痛苦的神色。我感觉她后悔了。但一个人要承认自己过往的努力都是错的，做的所有事都是在浪费时间，这该有多难。会不会一直错下去，反而变成对的呢？我又想起争争第一次去夜店。那个在舞池里用力过猛的她，那个因为自爱而甩人耳光的她。得到那么多，又失去那么多，怎么评判呢？人生无法用对错好坏评判吧。

毕业后，梦娇成了防狼小队里最早结婚的那个。相夫教子，岁月安好。她被很多队员嘲讽，最终的宿命，恰恰是最早竭力反抗的。但这根本不矛盾。梦娇要求的女性利益，从来都建立在传统男权的基础上。一旦她得不到了，便乖乖退回原有轨道上。社会要她顺从她便顺从，道德要她生孩子她便生。梦娇所有的诉求，不过是活在童年的幻想里。做一辈子的小公主，想要的一切都信手拈来。

更残忍的是，她浪够了，要收心了，就可以拍拍屁股躲回家里，把残酷的现实关在门外。而我和争争这样的人却无处可躲。只能徒手杀狼。

我和争争最后一次说话，还是毕业那天。那时所有人都领到了毕业证书，唯独争争面临着留级的可能。我找到她的时候，她正兴奋地给别人秀一段视频。听说她又想拍电影了。我一把拦住她："争争你太激动了。毕业要紧，先把学分补满吧。"

一向嘴拙又好脾气的争争忽然翻脸，她指着我的鼻子说："我最讨厌你那种看啥都很平静的表情。我就是喜欢激动，我看无数次大海还能像第一次看到那样激动！你能吗！"

长久以来的压抑竟让我无法回嘴。我看着争争，呕出来的居然是这么一句:"你嘴唇干得都裂了,喝点水吧。"

毕业好几年,同学圈里还是没有争争的消息。她删除所有人的联系方式,就这么从人间蒸发了。我常在书桌边打字十多个小时后,会猛然想起她。但愿现在争争嘴里的不是木鱼,也不是浆水鱼鱼,而是鲜活的、肥美的、真正的鱼肉。

偶尔,我也会回味另一个春风沉醉的夜晚。当时我和争争加入防狼小队不久,还不清楚自己是谁,想要什么。我们就这么在大马路上晃着,晃到了天阙的门口。那是当时西安最奢靡的酒吧,屋檐镂空繁复,楼阁金碧辉煌,一种大唐盛世的错觉。但没钱进去,也没人邀请。我们呆站着看一会儿,便离开了。走到小巷子里,谁也没说话。忽然某处传来一阵音乐,争争走着走着,便摇头晃脑地跳起来。那样旁若无人,那样自由自在。而我一生,都从未拥有如此美妙的瞬间。

在争争面前,我是一个多么懦弱、精明、势利的人。可我这样的人,却在若干年后写了几本成功学书,骗了点小钱,被读者看作"新时代的独立女性"。不知道在争争眼里,是不是整个世界都是一个笑话。

女孩们的友谊

长大的最大好处,是知道一个人幸福与否,仅仅是换一种价值观的问题。身体可以在原处不动,思想扭一扭,怎样都能活下去。好多年没见恬恬,重新坐在她面前,不知道要用什么样的目光对视。我低下头,毫无目的地挖芒果冰。

"看来你过得不错。"恬恬先开口了,话里丢着冰渣。我不清楚她如何判断这种不错,是随手一放的奢侈品,是勉强能掐出水的脸蛋,还是朋友圈接二连三的美照,语气笃定的小确幸。当然,也可能仅仅是客套话。

"你过得也不差。"我忍不住抬头。

恬恬惨淡一笑,指着走样的身材,又伸过袖子让我闻:"一股小孩子的口水味,你说呢。"

我也笑,笑得文不答题:"这不就是生活嘛。"话音刚落,一声挡也挡不住的叹息声,就溜出我的嘴边。两个人都愣住了。

恬恬敏感,知道一个里外光鲜的人,酝酿不出这么多对生活的怨气,也呕不出那种馊掉的烟火味。她心里有数了,谁都会装，我的日子终究也不好过。忽然间，空气中紧绷的神经一下子松开，弹回到脸上，打得我火辣辣地疼。恬恬挖了一块芒果递到我嘴边，我顿了顿，有些僵硬地张开嘴。嚼一半意识到，那些互相喂食勾肩搭背的大好时光，隐约又逃回来了。我想起那句关于朋友的真理：她们因为都想买一个包而成为闺蜜，这段友谊直到其中一个女生买到为止。

很多年前，还在上初中的我，在手风琴的校外兴趣班上认识恬恬。她坐我前面，每次站起来，抱着琴去讲台上还课时，都有一种随时扑倒的错觉。恬恬个头矮，当初换这台120贝斯的大琴时，下巴刚好抵在琴板上，怎么也低不下头看琴键。这是我有意无意站在她身旁的原因吗？小孩子不懂，可也下意识知道有丑才能衬出美。至于坐在恬恬后面，纯粹出于偶然。只是偶然得很意外，很称我的心意。

所谓还课，是指老师上一堂课布置好作业曲目，回家练习一周后，上台拉给所有人听。恬恬有股钻牛角尖的劲儿，就连下课出去闹腾的工夫，都用来背琴谱。但要过很多年，她才会知道努力换来回报是一件幸运的事，而大多数人是不幸的。

恬恬从来不忘谱，老老实实地从头拉到尾，一个音都不错。可明明是一块熟透的火龙果，从恬恬手里出来，就成了嵌上芝麻的白萝卜。恬恬的魔术是化神奇为腐朽。用功是用功,只是这曲子怎么听都觉得寡味。手风琴老师憋住潜台词,取而代之的是另一句:"不错,你们要好好向她学习,每天练满三小时。"老师再转头看向恬恬,见她勉强地扯起嘴角,笑里藏满心事。还好,一个被一眼看穿未来的人,多少有些自知之明。

恬恬之后还课的人,总是背负压力。有些偷懒的小孩,找来各种借口换位置。我也偷懒,但我偷的是时间的懒,而非天赋的懒。弹错音如何,拉到一半忘谱又如何,恬恬手里流失的味道,全都跑到了我这。只要吃到一口美味,老师就知道后面还有千千万万口美味。显然,这不是努力的问题。最后一个音掉在空中,老师都没从沉思里醒过来。他回味着说了一个好,才睁开眼,温柔地责备我:"不过怎么又忘谱了,你是不是每天练琴都糊弄过去的?"

早熟的孩子不多,大概只有我和恬恬知道,老师说不错并让大家学习,那仅仅是死功夫的不错,只说一个好却没让大家学习,那才是真正的好。我从台上走下去,和恬恬交换了一个眼神。那是抓住微妙本质后交换心得的眼神,那是暗藏敌意却又彼此理解的眼神,那也是我们多年来反复练习的眼神。

进入暑假,我们为了考级被抓去集训营。全封闭,每天八小时,往死里练。我是个坐不住的人,擦擦琴键倒杯水,又动不动跑去厕所晃悠一圈。恬恬就不一样了,眼神钉在琴谱上,拔不出来。偶尔也会瞄一眼黑板,黑板上写着每个人的名字,以及还课状况。老师坐在教室外走廊,练好一部分就出去考一部分,通过了才能继续往下。音阶,曲一键盘,曲二贝斯,曲三整首。小星星挂在每个名字后面,太少了比当众脱衣还羞耻。老师很聪明,知道羞耻心可以把一个人逼成另一个人。

等到中午吃饭,快三十斤的手风琴拿下来,恬恬白嫩的腿上,压出一道道血痕。不需要遮掩,她是血痕最多的那个,也是小星星最满的那个。我通常排第二,看起来吊儿郎当,上手却很快。恬恬苦练一整天的旋律,我一上午就练熟了。听起来并不公平,但恬恬第一次帮我印新谱子,工工整整摆在谱架上时,或许她清楚发现,毅力也是一种天赋。但通常情况,天赋和天赋是相克的。

第二天,我把一块卡通垫布放到恬恬手里。那是我妈做的我最喜欢的一块,垫在大腿上,风箱就不会乱啃了。恬恬一笑,双手捧着接过去。不管怎样,两种无形的优越感,把我们和其他人间隔出来。本就弥漫汗臭、躁动、暗中较量的教室里,一旦我或恬恬背着琴站起来,走出门外,其余人便知道,进度表又要拴住脖子,快马加鞭地把他们往前赶了。小孩不懂收敛,不懂以退为进,所以才真实而自私,狂妄而无情。

没过多久班里新来了一个女生。娃娃脸，粉红蓬蓬裙，锃亮到足以照镜子的黑皮鞋。在同样美丽的妈妈的陪伴下，她沐着光亮走进来，找到座位，有条不紊地擦拭好一切，才从琴套里拿出那台特制版手风琴。一股从头到脚的公主做派，让人恶心，又让人奢望。与其说小公主是来练琴的，不如说是拿我们当肥料，滋养自己变美的。突然间，我们都不自主躲到手风琴后面，只露出一个脑袋，心情复杂地颠。恬恬目光依旧钉在琴谱上，不过风一吹，也会不小心地晃。

小公主是风，是乍泄的春光，是我们看自己的崇洋媚外。听谣言讲，小公主本来上的一对一课程，可惜老师生病住院，才勉强塞进这个三十多人的大班。再一听说，考级曲目的书就是小公主老师参与编写的。有一种原来人生可以这样的落空感。

恬恬和我自有傲气。我们等着下一击，我们想看这个有一副漂亮壳子的小公主，到底能把乐曲拉到什么程度。可没想到接下来好几天，我们在黑板上星星最少的那一行往前扒，都能扒到小公主的名字。我和恬恬互望一眼，这对手打败得未免也太轻易。那种寡味的感觉，就好像吃饱饭铆足劲，要和敌手争一座城池。结果等许久，人家也只是挥挥手说一句我不要了，便洒脱离开。可我们争的又不是废墟。

小公主刺眼的存在，让我和恬恬忽然意识到，我们把日子过得多粗糙。起球的棉质 T 恤，松松垮垮的短裤，来回拉风箱蹭出来的污垢，小公主瞟向我们的眼神，绵里藏针地说，怎么会有人长一张洗不干净的脸。从小公主来的第一天到现在，我还没看她穿过重样的衣服，而且款式、搭配、风格，完全超出了我们那个年纪所能理解的范围。说不出哪里特别，只觉得，浑身上下都浮出一种贵重。更气人的是，小公主比我还坐不住。她的随处晃悠，不是一个脏小孩自顾自地玩，而是一种显摆，一种让阳光在长睫毛上闪烁的走秀。在她之前，我还以为大把的休息时光，是我一个人的特权。毕竟还有谁可以抵住窒息压力，仅靠天赋就胜人一筹呢？

手指在贝斯上乱敲，我终于知道哪里不对劲了——是凭什么琴拉得不好却假装什么事都没发生？是凭什么排在倒数也可以摆出第一名的姿态？她没有羞耻心吗，她的满不在乎，她的风轻云淡，又是从哪里来的？小公主的到来，彻底打乱了整个教室的气氛。原本大家都是一心拼曲子的，现在倒成了拼打扮、拼进口零食、拼哪个人的做派更洋气。星星越少，反而成了一种潮流。

我和恬恬从未说出这些困惑，但光从眼神，就看出对方和自己同一战线。原来，我们的友谊开始于对另一个女孩的厌恶。原来，厌恶越深友谊越坚固。之后，我们常在老师点评黑板时晾出得意面孔,常在吃饭空隙对小公主的挑食评头论足,常背地里笑她的笨拙和愚蠢,笑到咳出胃酸,笑到五脏六腑滚出来。

直到某天小公主走到恬恬面前说:"我拉不好这一段,你可以教我吗?"小公主眨巴眼睛,单纯得和我们想象中完全不一样。恬恬愣了好一会儿,眼神又深深地扫过我,然后冲小公主点头。我眼睁睁看着她们走远,走到我眼急发红的地步。第二天我故意没和恬恬打招呼,到了饭点也一个人坐角落吃。我以为恬恬会愧疚地跟过来,偷偷摸摸塞一块小蛋糕到我面前,结果什么都没有。接连好多天,都没有。在三十多台手风琴共同鸣奏的喧杂中,我都能感到恬恬和小公主的笑声,扒开一截截空气,刺穿我的耳膜。坐也不是,站也不是,拉琴不是,不拉琴也不是。我陷入前所未有的狂躁。

终于某一刻,在还没想清为什么小公主选了恬恬而不是我、为什么恬恬可以转变得如此迅速、为什么我会莫名狂躁等等问题之前,我几乎是冲到她们俩面前,很狗腿地问:"要不要一起去吃冰淇淋?"从那之后,我开始吵着向妈妈要新衣服,去西餐厅,走出和年纪不符合的猫步,用文绉绉的语调嗲声嗲气地说:"你不要急,你慢慢说,你说这么快我怎么能听懂呢?"比拿星星还让我们骄傲的是,小公主对别人的献殷勤毫不在乎,甚至颐指气使地伤人:"你离我远一点,不要把我衣服弄脏了。"接着一转身，挽住我和恬恬的手，"走，我们去百货大楼！"

那年的考级成绩到底怎样，已经不重要了。跟小公主厮混太久，我们甚至觉得星星太多是一种耻辱，反而穿得漂亮比较重要。再后来，小公主又回到一对一的小课，也没留下联系方式，就这么忽然从我们身边蒸发了。可这不阻碍我们花大把时间去回忆她。直到我和恬恬进入同一所高中同一个班级，我们还会凑在一起，说起那个甜到发齁、闪光到睁不开眼的夏天。你还记得她常去买衣服的那家店吗？怎么会，就在百货大楼三楼电梯口。六楼的冰淇淋也太好吃了。一个抵外面五个的价，怎么会不好呢。对了，她说的欧洲十国游，你后来有去吗？没有哎，护照都办好了，还不是要上补习班。我也是，爸妈太忙了请不出假。

会去的，迟早有一天会去的。小公主的存在，曾让我和恬恬坚信，这世上一切皆有可能。

高中刚入学，当其他人还在班里相互试探找死党时，我和恬恬已勾肩搭背日日倒带，活成彼此的往事。他们以为我们关系很好，当然，我们也这么以为。只是生活不可能停滞不前，昨日的魂魄，很容易赶不上今天的身体。

谁都没在意吴老师第一次进教室的瞬间。因为平庸，也因为无知。印象中的政治课,好像只要死记硬背就能拿高分了。况且吴老师四十多岁,面目模糊,除了个子高,戴一副金丝框眼镜,便不值得多看一眼。事情在三四堂课之后有了转变。好几次年级大会上,吴老师都坐在领导席的中央。

专爱模仿的男生总拿一本政治书,双手环绕抱在胸前:"跟你们说,没有哲学思维的人,以后都干不了大事。"

有时也拿水杯当麦克风,站上板凳,伸出吴老师那只法庭锤的手:"跟你们说,今天开会,只有十七班的队伍最直,纪律最好!"

男生跳下板凳,问周围一圈的人:"你说,是不是因为我们上课认真,所以才被夸?"

恬恬迅速接上话头:"跟你们说,要不是吴老师课上得好,我们也不会那么认真!"

我转头望向她,好像吴老师的一个尾音。吴老师有数不完的"跟你们说"。说他在国外死里逃生的探险,说被新闻操纵的乌合之众,说马哲辩证,说商界大佬,说他教过的一届届学生如何站在各领域巅峰。如此一来,吴老师的金丝框,不再是圈牛喂马的栅栏,而是镀过金的龙门。现在大家越来越期待政治课,像是期待一个传奇人物,创造出更多创奇人物。在听吴老师讲故事时,无疑有很多人在桌下握紧拳头,暗下决心。这窗明几净的大楼太小,这充斥考卷的生活太无聊，这大锅饭搜刮下多年的铁锈味让人太作呕。一切都心存不甘，蠢蠢欲动。

　　同时我和恬恬的话题中心，也悄然脱离回忆。那天恬恬从办公室出来，笑容比身体先一步摔出："你知道吗，吴老师还是单身！居然是单身哎！"恬恬的脸倒映在窗户上，泛起涟漪。我平平淡淡地回了个哦，接着继续看她这个政治课代表，频繁进出吴老师的办公室，看她小心捧着他批过的作业，把他写的纸条，顺手犒劳的糖果珍藏起来，知道关于他的一点情报，都像国家大事一样激动。

　　左一个吴老师，右一个吴老师，好像政治课永远不下课，好像我们上高中仅仅是为了上政治课。当恬恬热衷于用成绩赢得吴老师夸奖时，我做了一件更夺人眼球的事，并迅速抢走他的注意力——一部自导自演的小型话剧，成功挤入全校决赛。其实比赛一路到此都很轰动，只是恬恬几乎被吴老师蒙蔽了眼，好几次路过海报，我都用身体遮挡她的视线，放学后排练筹备的事也没说出口。

　　我不撒谎，我只是不说。

　　得知初赛结果的那天，恬恬的眼神像钉在琴谱上那样，钉在我脸上。她想说什么却说不出口，一股难言的怒气憋在喉咙口，呕不出来。她大概忘不了吴老师上课的一幕，还没翻开书本，他便在讲台上提起我的名字，接着说剧不错，希望决赛能拿冠军。这么说的口气,有种敲锤定论的错觉,好像提前把我列入了"跟你们说"的行列,好像我的故事会在下一届、下下届、很多届后依然被他提起。

"怎么会不好呢?用你最喜欢的小说作底改编,不可能不好。"我把对吴老师的回应,不动声色地放在心底。被恬恬看穿时,我自认为没什么好心虚的。我像琢磨政治选择题一样琢磨吴老师的时候,她知道吗?我因她一次次接近吴老师而受伤的时候,她又知道吗?我没有抢她的政治课代表,不过是出了点风头又恰好引起吴老师的关注,这到底有什么错呢?

恬恬到最后矮下去,憋出意外的一句:"还有多余角色让我演吗?"

我也想矮下去,但思前想后,反而高了一截:"不是不想让你演,是下周决赛,来不及新写一个角色了。不过……"

枯萎的恬恬重新抬起头。

"你可以当后勤,如果你不怕影响数学成绩的话。"

我说的第一句是实话,第二句也是实话。恬恬的数学很差,每天回家都狂做习题。想到这,我的腰板挺得更直了。

"之前不告诉你,是不想影响你。你能理解吗?"这句话违心了。也是在讲完这句,我才第一次从心底爱上吴老师的智慧。原来真的可以辩证思考,真的可以正话反说。原来以善的名义掩盖恶的初衷，是一种再实用不过的手段。

显然恬恬愣住了。她仔细琢磨着这几句话，忽然为自己的误解感到抱歉。恬恬搂过我的手，笑容再次上架："那这次就算了，下次有这种活动，一定要叫上我哦！"

再也没有叫上过她。当我疯狂投身于学校各类活动，出于一种恐惧，我都用种种理由或假象，阻碍了她的参与。我还记得当年疯狂拉琴的恬恬。纵然做事呆板，有些怯懦，但她体内那股毅力是她唯一的天赋。一旦她认定一块肉，不管新鲜还是腐烂，必然死咬到最后。她在成绩上压我一头，我不能让她抢去更多风头了。谁都想在吴老师的"跟你们说"里，多占几句话。

想到这些时，一种强烈的自我厌恶涌上胸口。我没意识到自己如此心思缜密，工于心计。就好像我和恬恬一起拉琴的过往不复存在，好像小公主只是一闪而过的假象，好像复印的琴谱、卡通的垫布、对彼此点点滴滴的好都成了幻觉。我是我自己的叛徒。

可我又爱吴老师的智慧，吴老师的语言。我爱他嘴里的我，光彩熠熠，非同凡响。在牢笼一般的校园里，砸出一条只有我能走的越狱之路，这不是他最欣赏我的地方吗？人不能舍弃爱，人之所以为人是因为爱。如果爱成为起点，那我做任何事都是正义的，这是我自己独有的美德。吴老师知道的话，会很欣慰吧？

高一高二，我的名字活跃在学校各种地方，甚至把电影当成人生理想，走哪儿都引人注目。吴老师私底下说我是风云人物，我就笑着问，是风轻云淡的风云，还是叱咤风云的风云。他推一推金丝框眼镜，巧妙游移说，也可能是风谲云诡的风云。当时我还没意识到危机感。直到高三，每次考试的排名都贴在黑板上，整个教室弥漫一种溺水气氛。任何人踏进教室，都能目睹这个小世界里血统的高贵与卑劣。当然也包括了吴老师。

那天恬恬拿着一本习题册到我跟前："要不是你坚持让我补数学，我现在也考不进年级前十。这本习题册送给你，希望你顺利考进电影学院。"恬恬说这话是真真实实有分量的，在我心里砸出洞。我很难开口说，我曾经的那些坚持都是借口。也很难说，其实恬恬才是生活有重点的人。吴老师的故事再天花乱坠，高中的素质教育再全面深化，这一切在穿过高三的断头台时，都被拦腰砍死了。

要在别人做题熟练到背下答案时，去学习和高考完全无关的领域；要在大家为一分两分斤斤计较时，默默忍受自己暂且落后的名次；要在恬恬的卷子被视为标准答案时，接受吴老师一次次质问的目光：你真的可以吗？万一艺考失败了，你还能考好高考吗？原来跟随主流是一件那么轻松的事，轻松到不需要思考原因和过程,轻松到只要黏在位置上就撕不下来。只花了一个晚上的工夫我就想明白,吴老师不必为他的传奇负责,而听者却要买单这无边无际的想象。为那远在天边的荣耀,为那贩卖热血的虚空,抽干身体里的勇气,透支几年,甚至几十年的荷尔蒙。

我该退缩的,回到安全的人群里的位置,默不出声。争一块大家都想争的肉,总是没错。想到这我又意识到,辩证法可以如此活学活用,让一个人迅速走到自己的背面。而恬恬的政治显然比我学得更好,坚持两点论和重点论的统一,抓住主要矛盾和矛盾的主要方面。或许也因此,她顺其自然地接受我的劝告,把学习视为唯一的标准。有学生这样目光长远,难怪吴老师桃李满天下。

我重新回到那一方小课桌,溺在知识点的海底,和挂着书包的椅子融为一体。恬恬的如鱼得水,不过源于她的勤奋。勤奋太常见了,谁都可以勤奋,勤奋换取的回报谁都可以享受。怎么想我都不甘心。不知为何,趴在桌上睡十分钟的间隙,我常常会梦到那年拉手风琴的小公主。在她把恬恬带走后,在我的生活看似被抽空后,我什么都没想明白地冲到她们面前,带着一种近乎恳求讨好的语气问,要不要一起去吃冰淇淋?

谁能想到,这个梦境居然折磨了我一生。在每个关键点的抉择时刻,都会生出藤蔓扎进皮肤,把我永永远远地留在它身边。我总是没有三十年后看自己的眼界。

过完高考后的暑假,我和恬恬分别以第一名和最后一名,进入同一所高校的同一个专业。也许是我再怎么努力也没能考过恬恬的事实,也许是我一直心存的愧疚和罪恶感,也许是吴老师彻底退出我们的视线,我和恬恬再度成为手挽手的好朋友。

我们住不同的宿舍,却每天碰头,去食堂吃豆浆油条,也去教室抢位置。三年高中从两张嘴里出来,成了两副模样,可这不妨碍我们各自吐槽奇葩的大学舍友:喜欢蹭吃蹭喝却从来不请客的铁公鸡、把经血弄在床单上却一次没洗的邋遢鬼、当面献殷勤背后却使绊子的心机婊……那些三观一致的厌恶,再次喂养了我和恬恬的友谊。不过这些都不是关键。到底,是从什么时候真心希望恬恬越活越好的呢?

大概是大一过了小半年,某天我因为睡过头而晚到教室。我站在后门口,想蹑手蹑脚地找个时间溜进去。老师在投影前读着幻灯片,一大片黑压压的脑袋对着我,抬起又放下,放下又抬起,手里的笔飞速地游动。我忽然不懂,为何要抄这些最终会打印出来的幻灯片,为何要在一门门考完就忘记的科目上耗费那么多时间?大学和高中的区别在哪里,用重复、机械、无效率的劳动来自我感动的意义又在哪里?

我被自己的多虑，活生生地卡在了人群之外。当我和恬恬谈论起这个话题，她说一切就该如此，遵循好好学习、拿到文凭、进入体制的轨道，这没什么可困惑的。恬恬的脸被现实扳成顺服的样子，语气平滑得没有褶皱。我并未继续反问，她忘了那年让她差点放弃拉琴的小公主，也忘了让她倾尽少女心的吴老师。

在人生最迷茫的年纪，恬恬几乎是靠直觉做好选择，一路蒙头走下去。不知是假装无知，还是真的无知。但无论哪一种，无知的人总是幸福的。原来无知是恬恬的第二种天赋。

临近大学毕业，恬恬带着男朋友来见我。三个人围在一张西餐桌边，尴尬地刀叉都拿反。那时我已经很久没去上课，排话剧、组乐队、跳街舞，电影梦捡到一半又转头做别的了。活得很用力，却没怎么明白。恬恬的男朋友和她一样无趣，谈来谈去都是学分、毕业后的打算，一眼望到头的憧憬。手风琴老师眼力真好，恬恬一眼望到头和自知之明的搭配，就像牛排佐红酒，总不会出错。

恬恬男友去洗手间的空当，恬恬问我，和男神怎么样了。我嘴角一咧说，放心，迟早有天他会追我的。恬恬说，你干吗不主动追他。我摇摇头，如果是我追他，说明我配不上他。兴许是我的笑漏洞百出，恬恬担忧起来，可你知道他现在有女朋友吗？我点头说，知道，是个白富美，琴棋书画什么都会。恬恬眉头一皱，你能比过她吗？我迅速反驳，不然你以为我现在这么拼是为了什么？

恬恬想叹一口气却吊在空中，那个苦追你的备胎，不是对你超好吗？我一翻眼，对我好有什么用，好这个东西太不值钱了。恬恬听完张开嘴，却欲言又止。这瞬间的沉默，不是造一座冰山再融化的沉默，而是摆一碗流水敲不碎的沉默。恬恬塞进一块牛排，像是在说，单身这么多年，就为等一个高高在上的人，别不自量力了！我也塞进一块牛排，其实想说，你确定要和那个毫无潜力的男人过一辈子吗？太可怕了！

等牛排吃完，我们却一句没说。恬恬男友回来后，又切换到不痛不痒的闲聊模式。嘴上说的和心里想的，始终在错位。真好，撒谎也互为同谋，不必内疚。离开前，我掏出手机和恬恬自拍。不知怎么，有种见一次少一次的错觉。回家路上，我坐在计程车上修图。修了半天，意外发现把恬恬修得比自己还美。我想我们能成为多年的朋友，恰恰是因为我中途改道。曾经一起想买的包，我看不上了。也许照片会说得比嘴多，我按下保存键，发给了她。

毕业后恬恬顺利进入体制，过上朝九晚五的生活。我漂泊在北京，为了被男神追求而努力，为了打败白富美而努力。也拒绝了备胎很多次，他却一如既往地对我好，可又能怎样。

这好敌不过大城市迎面甩来的一记记耳光。北京如此势利，我只能靠我的幻想来存活。不知怎么，我隐约觉得那白富美就是当年的小公主，穿着洋装，沐着光亮。我再怎么刻苦练琴也没用。琴这件事，根本就不在她眼里。但除了拼琴，我还能拼什么呢？

又过了好几年，我和恬恬坐在芒果冰店里。聊了好一圈，商量着要不回高中看看。学校没怎么变，课堂上的吴老师也没变。还是金丝框眼镜，还是很多个"跟你们说"，还是一茬茬的新鲜面孔被诱惑出骚动。唯一变了的是我们，见过世面，懂得质疑。如此一来，吴老师的传奇都不太能站住脚。

站在教室走廊外偷听时，我忽然恍了神："你说，我当初怎么没注意到他这副油腻的样子。"恬恬反问："你当时不是很喜欢他吗？"我愣了愣："明明你比我更喜欢他。"恬恬也愣住了："我因为你喜欢他，所以才喜欢他的。"我们转头望向对方，一口吞不下的沉默。我试图转移话题："无所谓了，反正我现在心里只有男神。"恬恬意外起来："你到现在还没放下他？"我别过头不做声。恬恬又感慨："我倒心疼起那个备胎了。"

"你知道吗，他不是输给你的男神，是输给了你的好胜心。"

我整个人冻住。恬恬的目光是针管，往我的眼球里扎真相。

"你知道吗，这世上的人，是永远比不完的。"

她继续盯着我，我的眼球膨胀得几近爆炸。原来她早就看透了。正因为早就看透，她才选了那样一条平淡无奇的路，毫不犹豫，义无反顾。有学生这样目光长远，难怪吴老师桃李满天下。直到俩人从学校出来，分道扬镳的时候，我都没告诉恬恬那个关于小公主的梦。也没告诉她，我一生随波逐流，因为嫉妒把精力浪费在本不属于我的方向上，却无力回头。

空心爱

0

没想到最后一次看见女儿瑶瑶，竟是在太平间。吉赛尔、刘平、章雨霖这三个女生，看着眼前的中年男人号啕大哭，她们身体里的一部分也随之死去。

多年后，她们不断回忆那些和瑶瑶同居的日子，想知道究竟是什么，把这个走到哪儿都散发着太阳光芒的女孩，推向了死亡。可是没有答案。一个人为什么活着，为什么死去，都是没有答案的。

1

房东章雨霖把瑶瑶领回来的那天，吉赛尔正趴在沙发上涂指甲油。她戴着口罩，浓重的气味被挡住了，却一路折返撞上经过的刘平。刘平捧着一堆书，像捧着一堆仇恨。她想吉赛尔就这副德行，要一抬手就刺亮别人，又不要为这刺亮承担代价，什么好处都占，难怪成天去夜场卖肉。

寻思的空当，吉赛尔趴得更妖娆了。关键是她的胸，鼓鼓囊囊地挺着，比嘴还会说话。刘平想把书砸过去，却觉得七八斤不够重，又想和这种女的作对显得自己跌价，便趿拉着拖鞋回房了。走一步甩一个耳光，心里盘算着何时加薪彻底从这儿搬出去。吉赛尔还真没听到，她只嘟囔，怎么挑来挑去都买不到一瓶无味的指甲油呢。她这么爱干净怎么能被熏坏呢。

见两个老房客没反应，章雨霖也懒得解释。她指着由储藏室改造的房间，对瑶瑶说，喏，你就住那儿，每月一千五。不等瑶瑶反应，她也扭头回房了。农村来的，饭店服务员，说是找打工的爸爸，还想在上海立足交很多朋友。做什么梦，脑子被门夹了吧。章雨霖左边脸笑瑶瑶，右边脸被网游的荧光照亮。现实世界真真假假，真不到头，也假不到底，辨别起来很累，索性抛弃好了。

瑶瑶站在原地，浑身长满嘴，每一张都说不出话。前晚在招待所背好的自我介绍没用上，三个大红塑料袋装的腊肠也没送出去。这可是她在上海认识的头三个女生，交不上朋友只能是自己的错。瑶瑶不喜欢犯错，爸爸最讨厌她犯错。

瑶瑶盯着沙发上的吉赛尔涂完手，又涂完脚。一小时后，口罩终于摘下来。瑶瑶捧着一袋腊肠，开场白也被腌好了:"我叫瑶瑶。这是老家带来的,给你尝尝!"吉赛尔逮住瑶瑶的两坨高原红,想着住公寓这么久,终于来了一个比她还低等的女孩。转眼一看,却发现腊肠意外地和指甲油撞了色。有种金玉其外败絮其中的暗示,吉赛尔一惊,冷冰冰起来:"劝你以后少干这种事,不会有人因为一袋腊肠记你多少好。"瑶瑶很难过。不是吉赛尔说的这番话,而是怪自己小气。腊肠送少了。

没人知道吉赛尔的真名,除了房东。签合同时复印身份证,这个从三无香水瓶里捞出来的女孩强调,不要叫她高小红,要叫 Gisele,跳芭蕾的 Gisele。章雨霖觉得好笑,反问她:"你知道那个舞剧讲什么故事吗?"这是一种侮辱,一种城市女孩看不起农村女孩的侮辱。更可悲的是,这想法出自高小红的本能。一颗富养长大的心,是不会有这种本能的。"你什么意思?我在剧院看过!"高小红的回击很猛,章雨霖不笑了。她意识到这个女孩开不得玩笑。

很多年前还上小学,高小红第一次来上海找远房亲戚。亲戚的女儿练舞崴伤脚,她才成为替补去看这场芭蕾。剧院镶了金,显得穷酸的人更穷酸了。高小红钉在座位上很震撼,原来一个女孩可以那么优雅,美得那么惊心动魄。回到村子,她把海报拉开给同学看。她们羡慕吉赛尔的眼神,就像羡慕高小红一样。高小红假装得意,心里却难过得要命。像她这种在农田、工厂、杂货店里找出路的女孩,怎么跳得起芭蕾,怎么会是吉赛尔?那是高小红一生最绝望的时候。

再次来到上海时,她已辍学离家。夜场老鸨是上等的收藏家,只扫一眼,便知这女孩早熟得可怕。不仅丰乳肥臀,还能把现实看到透亮。年纪小容易深情,年纪大又不入戏。这种鲜嫩还会脱身,荡漾胸部还装不懂的,真的是少见了。老鸨很疼她,比亲妈还疼。客人摸着大腿问叫什么,她把糖纸折成穿着裙子的公主,放到客人手心里。

"Gisele!"那是她说得最标准的英语单词,也是绝望中生出的唯一一点浪漫。说来奇怪,越是淤泥里喂养的,越是讲究卫生。吉赛尔有严重的洁癖,这也是她不愿和其他夜场姑娘合租的原因。别人在背后笑,她却觉得不解释是最好的防卫。解释等于交出自己的软肋,要么被当作谎言,要么成了把柄。吉赛尔命苦,从小就懂人生的经验。

瑶瑶住进来的第一个周末,章雨霖爸爸到合租房里,要亲自下厨做一顿欢迎晚宴。自己的爸可以不当爸,别人的爸不是爸,也要当成爸。吉赛尔和刘平都是拎得清的人,假模假样地坐到饭桌边。只有章雨霖全程开骂,一会儿怪他掺和年轻人的生活,一会儿让他赶紧拎包走人。瑶瑶不懂了。这个房东不上学也不工作,每天像个废物在家打游戏,怎么啃老后还能骂老呢?想着想着,瑶瑶才发现筷子落在一块肥澄澄的红烧肉上。她看了看觉得不对，转向另一块。还是不对，又换了一块。

吉赛尔最爱浓油赤酱。刚要下筷，却见瑶瑶到处拨弄。一圈下来，几乎每块肉上都沾了她的口水。瑶瑶吮吸着筷子上的酱汁，又见吉赛尔的眼神掉进盘里，便热情地问："你是不是离太远夹不到？我帮你夹一块吧？"吉赛尔气得想把瑶瑶的头塞下水道。不光是卫生问题，她皱着眉挑挑拣拣的样子，让吉赛尔想起了夜场选小姐。一排女孩水波粼粼，男人伸长脖子想在里面划船。只是选贵了吃亏，选错了跳脚。买卖都掂量性价比，他们习惯让精明跑在下半身之前。

现在，瑶瑶筷子下的肉，已肥头大耳地躺在碗里。吉赛尔只看一眼，便涌出强烈的呕吐感。其中混杂了太多夜场的记忆，酒精隔夜的烟味、残渣腐肉的口臭、杂交荷尔蒙的腥气。她都不用呼吸，就能一一辨别。瑶瑶不知做错了什么，让吉赛尔在洗手间拼命漱口。刘平只冷笑，不轻不重地说一句："矫情！"没多久，吉赛尔愈发厌恶瑶瑶的各种劣习。指甲里藏满污垢，不冲马桶也不洗手，把袜子和内裤一股脑塞进洗衣机，冲完澡弄得到处是拖鞋印。瑶瑶这是在提醒吉赛尔，你洗不干净的，你一天洗三次澡喷五次香水，也不可能出淤泥而不染。

吉赛尔终于忍不下去了。她拽起那袋腊肠就冲到瑶瑶房门口。储藏室很小,放下一张单人床后,所有的东西就只能堆在角落。瑶瑶佝偻成大虾,在垃圾山里捡衣服。回头看吉赛尔,她一手拎着腊肠,一手捂住胸口像是要吐的样子。瑶瑶吓得话都说不清了:"你……你没事吧……"

2

陆家嘴白领刘平,更反感瑶瑶送腊肠的行为。她爱上海,爱的就是规则。努力就有回报的规则,后台不是一切的规则,拍马屁走不到仕途光明的规则。换句话,规则也叫冷漠。就算听一个屋檐的雨声睡觉,就算在洗手间挤成沙丁鱼罐头,她也不用告诉合租房的舍友,她喜欢什么,想要什么。

没人干涉自己,也没必要刺探别人。不是说社交不重要,而是无用社交等于浪费时间,浪费时间等于慢性自杀。刘平很现实,也很惜命。可现在她手里,拿着一个陌生人硬塞过来的腊肠。显然,这个陌生人对她未来的发展没有任何好处,甚至还会拖后腿。

这袋腊肠就是证据。如果吃掉得买菜下厨,如果扔掉又没占好处,还欠一份人情。这礼廉价了。也找不出对等的东西回送,只能往高价考虑。但等刘平送完两盒面膜,瑶瑶又捧来一包大红枣:"平姐,你送的太高档,我实在不好意思。"话说得这么客气,刘平都拉不下脸了。这一来一往,什么时候是个头。最关键的是,整个思考和客套过程,浪费了刘平太多时间。时间可以用来积累知识,培养客户。时间比钱还值钱。要怎么告诉这个思维落后的农村女孩,她靠一袋腊肠一包红枣,就害自己赔了好多钱?

刘平把瑶瑶古怪的热情,视为一种有目的的利用。她这样拉关系,究竟能从自己这得到什么?刘平想不通。毕竟,陆家嘴是一所好学校。她在这已成功地学会把人往坏处想,把每段关系都看成一种交易。签上百页的合同时,得多个心眼以防对方偷改条款;警惕突如其来的殷勤,不是成了诱饵就是踩了陷阱;谁也不得罪是错的,拉帮结派也是错的,不与人深交才是对的。

不过,刘平把腊肠送给了公司的保洁工赵叔。这是她在上海,唯一的朋友。谈不上关系多好,只是赵叔老实,靠谱,帮她送了几次文件,也不碎嘴,没有利益牵扯。刘平爸爸和他差不多年纪。在上海好几年了,爸爸至今还不愿和自己通话,却让妈妈转述:"你在那要车没车要房没房,连个男朋友都找不到,拿命一样地加班到底图什么?快回家吧,家里多好!"

刘平犟着也不说话。实在想爸爸,就找赵叔聊几句。那天赵叔迟到,被主管扣了钱,见到刘平才勉强挤出点笑:"你送的腊肠真好吃，这味道在上海根本找不到。"刘平从他的嘴里嗅出浓浓的酒精。他以前从不酗酒误事的，大概是遇到什么难处。想问，又觉得问不起。水面挣扎的人怎么救一个沉到底的人？刘平只好闭嘴，也笑笑。

搬进来的第一天，瑶瑶就暗下决心，要和这里的每个人交上朋友。但事实是，她越想对别人好，别人越要躲着她，甚至骨子里有一种埋藏很深的恨意，这女孩怎么这样碍事。瑶瑶读书不多，懂得也不多。可交朋友不付出自己的好，难道要施展自己的坏吗？瑶瑶最不会伤害别人，却很擅长伤害自己。有时晚上在家，章雨霖宅房间打游戏，吉赛尔水蛇似的扭去上班，只剩窝沙发上看剧的刘平。瑶瑶自我体罚一样地坐小板凳，刷一会儿手机，瞄几眼刘平。很明显，她在找空当，也在找话题。

偶尔凑过去想一起看，刘平触电般不自在。她多想回房独享，可房里信号太差。为什么不能各做各的事？为什么非要缠着自己消磨时间？说到底，还是刘平太穷。别说买房，就连一套整的都租不起。从此，瑶瑶的存在成了一种条件反射。她只要一出现，刘平就想搬走，就想自己没钱，想人生怎么会如此失败。不过，她也隐约感到，瑶瑶是不喜欢这剧的。但为了和自己有话聊，她甚至补完之前的集数。

有次瑶瑶还发表一些看法，和网上的影评一模一样。刘平很惊讶。这不是虚荣,这仅仅是试探性地问刘平,你可以多看我几眼吗?

我值得你多看几眼的吧。那一刻,刘平真的心痛了。她多想告诉瑶瑶,其实她也不喜欢。但公司里的人都在看,她不能不合群,不能太孤独。在家里她是刘平,在公司她也是瑶瑶。刘平当然厌恶。厌恶瑶瑶的小农思维,不知分寸。但刘平从来不承认,也许真正的原因,是瑶瑶身上某些纯净热烈的东西激怒了她,让她怀疑自己坚持的,留恋曾经放弃的。刘平一直在说服自己,你要爱上海,要爱她的冷漠,她的拜金,她的人性本恶。

3

吉赛尔那天骂了瑶瑶,骂她不讲卫生,邋里邋遢。骂她和吉赛尔一样出身贫贱,不把自己当人看。不过最后这句只放心里,没说出口。

瑶瑶没反驳。瑶瑶从不反驳。她只是再次证实,如果别人有什么意见,肯定不是别人的问题,而是自己犯了错。她战战兢兢剪短指甲,流了血,碎片飞到眼里。洗衣机也不碰了,再厚的衣服都手洗。本来就是干活的手,这下彻底肿成萝卜。她还主动申请，要给整个屋子打扫卫生，以弥补造成的麻烦。吉赛尔没想到瑶瑶如此敏感。十根胀红的手指蹭着裤腿，好像在说，如果你要吃，也可以拿去吃的。

没人反对瑶瑶打扫，但都本能地把她抗拒在房门外。客厅、厨房、浴室，哪里都可以，除了私人领地。瑶瑶不懂什么叫隐私。凭借农村串门的经验，如果一个人不愿和你分享生活，那只说明他不把你当朋友。好在瑶瑶乐观。盲目的乐观，力气怎么花也花不完的乐观。她想总有一天，她会让她们满意，她会被接受的。

打扫带来的意外惊喜是，瑶瑶在垃圾桶里找到了每个人的秘密。根据时间推算，安眠药盒是章雨霖扔的。刘平三天两头网购衣服，但只见快递包装不见标签。吉赛尔喜欢用糖纸折小人，看腻了就扔，买新的继续折。瑶瑶心里头满足，觉得离她们更近一点。

有时路过客厅，看到瑶瑶冲着垃圾桶咧嘴，吉赛尔不知是困惑还是内疚。不过脾气冲动骂了几句，她怎么就成这样了？但吉赛尔没想到的是，恰恰是瑶瑶，让她第一次在刘平面前抬起了头。对比刘平，吉赛尔有天然的自卑感。同样在上海漂泊，同样无依无靠，怎么刘平就能像男人一样赚钱，她就只能靠男人赚钱？在瑶瑶来之前，章雨霖的主卧自带洗手间，刘平和吉赛尔共用客厅的一间。每到清晨吉赛尔下班，都会在淋浴处发现刘平的一团团乱发。她也不抱怨，好像亏欠刘平似的，很自觉地收拾干净。

但人就这样，越是自卑，越要摆出一副高不可攀的样子。在刘平看来，吉赛尔的一举一动，显然是讽刺自己没有女人味了。那天在公司，刘平的飞机场又被取笑了。一回家，她就指着淋浴间的乱发吼："谁啊，这么没素质，掉了头发还不捡起来！"很明显，瑶瑶是短发，这么长的头发不是吉赛尔的就是刘平的。

吉赛尔万万没想到，自己做了好事还被反咬一口，正愁如何辩驳时，瑶瑶站了出来："平姐，那是你掉的。"刘平愣住，她从没意识过自己掉头发。"你凭什么说是我掉的？"瑶瑶很平静，是一种只讲真话的人才会有的平静。她把一罐芝麻粉递给刘平："我每天打扫我最清楚了。这个给平姐，可以养头发。"瑶瑶最让人恼怒的是，她的善良不掺和一点水分，时间无法让其蒸发，刘平也不能因此无视。

过了几天，吉赛尔和道上姐妹在火锅店聚餐。吉赛尔不喜欢火锅，每个人的筷子都往里伸，一锅汤就是一锅口水。有那么点像自己，男人吃着香，吃完还嫌脏。身旁的妹妹入行不久，嫩得掐出水，不断找机会和她套近乎。吉赛尔的第一反应是，小婊子，又想抢我的哪个大客户了？虚假的友情才是正常的友情。吉赛尔习惯了。但没多久，一个熟悉的身影刺痛她。再一定睛,果然是瑶瑶。住了这么久,吉赛尔才知道她在这当服务员。头发撩下来,撑手挡住脸,吉赛尔搞不清在这种场合下相认,是瑶瑶让自己没面子,还是自己让瑶瑶感到丢人。

夜深,酒上了一轮又一轮,吉赛尔终于揪住时机脱了身。拎包出门时,听到不远处的吵闹。转头看,发现居然是瑶瑶拉扯着什么人。一个要走,一个不让走。

"谁让你来上海的?我不是让你不要来找我吗?"

"爸,我到底哪里做错了?你告诉我啊!"

"不是你的错。反正钱也给你了,以后不要找我了!"

"爸!"

男人就这么狠心离开,瑶瑶摔在地上,他也不回头。吉赛尔站在电线杆后,比阴影还黑。她好像忽然明白,瑶瑶身上那点叫人恨不起来的卑微,是从哪里来的了。那年吉赛尔辍学离家,爸爸的眼神更加毒辣。她天生畸形,被人唾弃,从头到脚都是家族的耻辱。不过让吉赛尔震惊的是,如果瑶瑶和自己有类似的经历,为什么俩人会走上截然不同的道路?一个彻头彻尾地冷漠,一个全心全意地热情?

后来是吉赛尔搀扶瑶瑶回家的。一路上,瑶瑶为红烧肉的事拼命道歉。她说她是留守儿童,妈妈早年去世,爸爸在外打工,从小被伯伯养大。寄人篱下的日子不好过,每次伯母端上一锅红烧肉,她挑太大的会被骂,太精华的会被骂,就连吃两块也会被骂。伯母说,凡事要先想着别人,自私的孩子没人爱。

瑶瑶苦笑着解释,在锅里挑来挑去,是想找一块最不好的肉。又问,我不是一个自私的人吧,会有人爱我的吧?吉赛尔把泪水咽下去,忽然想抱一抱瑶瑶。尽管她现在很脏。几天后,吉赛尔抱着一罐古法老坛红烧肉,走进瑶瑶的房间。她一屁股坐在床上:"菜点多了,只好打包!"瑶瑶担心发黄的床单弄脏吉赛尔的裙子,刚想蹲下拽拽,吉赛尔啪地敲了一下筷子:"还愣着干吗?快吃!"

没有饭局,菜也没点多。事实上,吉赛尔只买了红烧肉。但如果说是特意买的,瑶瑶这样的人,是不会心安理得地咽下去。她受不了别人对她好。她不知道别人对她好,她要怎么对别人更好。这一课要是从小漏了,以后也很难补上了。

4

吉赛尔和瑶瑶逐渐深厚的友谊,让刘平忽然感到落寞。她说不上为什么,明明这俩人她一个都瞧不起。吉赛尔不说了,这女人烂泥扶不上墙,早就没救了。瑶瑶不一样,她刚踏入社会，摆在眼前的明明有一个榜样，有一个烂货，选择显而易见，她怎么就分不清好坏呢？后来看到瑶瑶整日跟着吉赛尔，衣服干净了，脸蛋清爽了，就连走路都有吉赛尔那种三步一回头的韵味了，刘平这才醒悟，瑶瑶是好是坏她压根不在乎。她在乎的是，自己为什么如此深入骨髓地，嫉妒吉赛尔。

小时候男生吹捧的是班花而不是学霸。上大学没人追，唯一的恋爱靠主动表白。男友很快背叛，说配不上这么优秀的刘平，转头牵手的女生胸大无脑。毕业回老家当公务员，姿色平平，后台不硬。死读书的怎么都学不会拍马屁。好不容易孤注一掷，断绝父女关系地逃到上海。刘平想，这次可以了吧，终于可以靠实力说话了吧。谁知有次去谈客户，对方全程忽略自己，一个劲只和同事说话。精致妆容，高档套装，同事走起路都是钱掉下来的声音。第一次，刘平由内而外地垮了。第一次，刘平知道想要跻身上层，就只能遵守上层的规则。比如外貌和智慧并重，比如用包的价格估摸人的价格。从此，刘平疯狂网购。每天都不同，每天都险中求胜。

不上班时，吉赛尔最喜欢做的就是消费、拍照、晒朋友圈。她宁愿花一千块去新开的餐厅，也不要拆成每天二三十块的外卖。她宁愿住一晚就抵半个月房租的酒店，也懒得攒钱替未来做打算。美食仅仅是果腹，开房仅仅是开眼。虚荣，但不完全是虚荣。吉赛尔看着爸妈一辈子省吃俭用，却未在生活上有任何改善，反而因为物价飞涨，存的钱更不值钱，日子越过越窘迫了。

吉赛尔最讨厌家里太穷，不得不卖身的那套说辞。她一向磊落，干这行就是自己愿意的，没人逼迫。老家的打工妹面如枯草，羡慕吉赛尔摇身变成白富美的做派。曾大肆欺负她的男人也退怯了，向她低头，向她背后的人民币、更高阶层的男人们低头。不是没有闲言碎语，但吉赛尔聪明，很快就学会了女权的那一套，自己的命运由自己掌控，轮不到别人指手画脚。

只是这一切在认识刘平后，通通破碎了。一个凭借多年实打实的书本、姿态高贵地在摩天大楼里谈判，另一个靠着三十六项全套服务、娇羞喘喘地在无数大腿间游移，这两个人赚到的钱能一样吗？她们都是男权社会里的胜利者吗？

尤其是刚搬进来不久，有次吉赛尔见大客户，却怎么都找不到黑色高跟鞋。情急之下，她把脚伸进鞋柜里刘平的那双，尺寸刚好。拎着鞋去找刘平，她一会儿说这鞋跟高不舒服，一会儿问你为什么非要穿黑色的。打了好几轮太极，吉赛尔终于明白了，她不会借给自己的。这么干净的鞋，凭什么要借给一个不干净的人？自取其辱。一出门，吉赛尔就狠狠甩了自己一个耳光。从那以后，她患上了严重的洁癖。

瑶瑶成为吉赛尔的好友后，不由分说地包揽了她的清洗工作。机洗容易交叉感染，内衣还是手洗为好。怕吉赛尔担心，瑶瑶洗之前都反复消毒双手。帮别人做事还能让别人满意，这几乎是瑶瑶所有幸福感的来源了。所以她洗的时间很长，搞的动静也特别大，晾衣服都哼起了小曲儿。

本来没什么事。可在刘平看来，这几乎是硬碰硬的挑衅了。什么意思？这么大罩杯的内衣在眼前晃来晃去，生怕我看不到是吗？嘲笑我平胸是吗？人不能有猜忌。一有猜忌，看什么都针对自己。刘平在洗手间镜子里看那扭曲的脸，她怀疑，瑶瑶这么做是受了吉赛尔的指使。吉赛尔吃准了，要是刘平去陪酒，她肯定连菜单都认真背诵，全套服务也反复练习，上床比考试还紧张，有什么用呢？客人一看到那脸那胸，连考卷都懒得给她了。越想越气，一瓶瓶护肤品都唾弃她。刘平随手抓了一瓶，打开盖子就朝水池乱喷。末了才发现，那是吉赛尔上千块的精华液。

第二天清早，吉赛尔回家，看到洗手间的空瓶，忽然明白了什么。她不懂，她已经如此忍让、如此卑微地在刘平面前低头，为什么还这么穷追不舍咄咄逼人？淋浴头吐着水，吉赛尔瘫在地上，比水还不成形。

敲门声响起。刘平要赶去上班了，陆家嘴不允许迟到。可水声越来越响，响得刘平要耳聋。看样子吉赛尔是铁了心不开门。刘平也不懂，为什么不洗澡就坚决连床都不碰？吉赛尔就算每天二十四小时洗澡，脏的不还是脏的吗？

刘平急了，踹门就大吼："别洗了！你洗不干净！你这辈子都洗不干净！"

门忽然开了。吉赛尔恶狠狠地瞪着刘平："我不干净？你以为你买衣服退货，不花一分钱天天换新就是干净吗？"

刘平噎住了。半个月前，瑶瑶在打扫时发现了刘平的秘密。礼服的吊牌无意落入垃圾桶，上午还在，下午又被捡走。快递收多少就退多少，不超过一周，因为七天无理由退换。衣柜里的每一件都是日抛，每一件都不属于她。那次吉赛尔借鞋，刘平是想承认的。不是她不借，是她怕吉赛尔把鞋弄脏，就没法退货退款了。但她说不出口，她怎么都没法承认自己的贫穷和虚伪。

其实吉赛尔也不想说。她不喜欢戳穿别人，正如她不喜欢别人戳穿自己。只是，刘平把她逼得无路可走了。这时，瑶瑶揉着睡眼过来："你们怎么了？没事吧？"

刘平一见瑶瑶就来气："是不是你乱翻我的东西？是不是？"

还没等瑶瑶搞清状况，吉赛尔就冲上去挡在她面前："你少诬陷！我告诉你，是我发现的！我早就看你不爽了，骗子！"

刘平很难过。难过的不是无力反驳,而是她发现,吉赛尔这样的人,居然也讲朋友义气。

5

那天清晨发生的事,章雨霖在房间里全听到了。前夜安眠药刚好吃完,她睁着眼在床上硬躺了一晚。即使闹成这样,她也不想下床去劝,你们别吵了,吵来吵去有意思吗。

没意思。吵没意思,不吵也没意思。一切的一切都没意思。章雨霖问自己,你怎么还活着。大学毕业后,她一直待在家没工作。不社交也不购物,靠房租维持基本的生理需求,安眠药不贵,网费也不贵,养自己绰绰有余了。房子是爸妈的。爸妈的当然不等于自己的。但章雨霖就这么赖着,健全人的残废,是真正的残废。

这几年,看房客们来来去去。每一个都怀揣梦想,每一个都梦想破碎。最初章雨霖也试着和一些房客做朋友,酿酒烤肉,交换人生。但大多数友情在他们搬走后戛然而止。混得好的不愿被过往拖累,混不下去的回了老家,连同章雨霖在内地恨这个弱肉强食的上海。她仅剩不多的热情都被消耗光了。抗拒深交,抗拒留恋。得到爱又失去爱,不如从头到尾一无所有。

让瑶瑶住进来，或许是她这辈子犯的最大的错。在章雨霖眼里，瑶瑶的价值仅仅是为她提升游戏装备。可怎么能想到，不是谁都懂做人的边界感，不是谁都自私到懒得干涉他人。有种人，也不管你愿不愿意，硬要把她的热情射进你的生活。你说是她太傻，还是自己太悲哀？之前，这屋子就是一个大冰窟。各做各的事，不好奇，不搭腔。打招呼也是沉默和沉默的狭路相逢。房间隔音效果不好，做起事来更防备了。章雨霖迷恋游戏，但总记得戴耳机。刘平熬夜做表格，敲键盘也放轻音量。吉赛尔凌晨回家，蹑手蹑脚怕人想起她在哪一行当。

瑶瑶来了后，一切都变了。她当这一平米十万的金土，是农村一望无际的荒野。说什么都用喊的，一开口就惊到别人。不管去谁的房间，都好像端着饭碗到村口八卦。不管吃谁的零食，都好像第一次吃那样惊喜满满。章雨霖很不解，重新审视周遭。食物真有那么美味吗？上海真有那么迷人吗？有时章雨霖去厨房榨果汁，看到瑶瑶坐窗边，企图去抓百叶窗里漏下的阳光。怎么抓也抓不住，她却怎么看也看不厌。下了班，瑶瑶满身都是火锅味。章雨霖却觉得，她带着一个笙歌鼎沸的人间回家了。谈不上不好。章雨霖只是下意识避开，也一次次推脱瑶瑶用土方熬的安神汤。瑶瑶知道章雨霖失眠,却不知道她厌世。

但有一次,瑶瑶是真的触犯到了她。那天章爸爸又来了,拎着一堆生鲜蔬菜,要为四个女孩下厨。章雨霖故意开音响闷房里,游戏声淹死了炒菜声。瑶瑶却在厨房忙前忙后,她最喜欢章爸爸做饭,最喜欢他夸她能干又懂事,她好像才是他的女儿。

好菜摆一长桌,章爸爸用心了。吉赛尔保持身材,一盘鳕鱼肤白貌美。刘平脑力劳动,一碗鸡汤养精蓄锐。瑶瑶爱吃肉,糖醋甜粉蒸嫩,甜甜嫩嫩又十八。关照她们,也是想她们多关照雨霖。转头,给女儿拎一只大闸蟹,九雌十雄。眼里说,你也大了,不能再这么混下去了。章雨霖看着束手束脚的螃蟹,心里问,蒸好了才解开绳,它还能自由吗。瑶瑶看不懂他俩的腹语。只觉得,章雨霖有这么掏心掏肺的爸爸,到底还有什么不满足?

章爸爸喝一口黄酒,语气也越陈越香:"雨霖啊,你养病这么久,差不多也好了。下周去银行上班吧。"吉赛尔和刘平手中的筷都停了。章爸爸不仅会做饭,还很会说话了。明明蹲在家游手好闲,却成了患病休养。那么饱和的银行也可以随便进,上海人真是好福气。谁知章雨霖狠狠掰断一只蟹脚:"我不去,要去你去!"

碗啪地砸在桌上。但不是章爸爸,竟然是瑶瑶:"章雨霖你怎么这么不懂事？你爸辛辛苦苦为你做饭找工作，你不珍惜，还宁愿赖在家打游戏。多大的人了，还要点脸吗？"谁也没见过如此凶猛的瑶瑶。她一向老实温吞，什么都可以，什么都是她的错，只要别人开心。章雨霖被骂得措手不及，她回了一句"你懂个屁"，便冲进房间。瑶瑶比章爸爸还气，但又忍耐住怒火："伯伯您放心，我会劝她去上班的。"

吉赛尔觉得瑶瑶多管闲事了。一个中产阶级精英都做不到的事，她一个外来打工妹凭什么？刘平倒觉得很解气，瑶瑶傻归傻，傻还是有傻的好处。这么久了，终于有人教训教训这个废物了。其实比起吉赛尔，刘平更嫉妒章雨霖。吉赛尔盘靓条顺会来事，可有什么用，不照样混一个丫鬟命。章雨霖不一样，人废了还有玻璃地板挡着，很擅长投胎了。而现在，挡在刘平头上的天花板，就是章雨霖脚下的玻璃地板。前者拼命工作也上不去，后者努力堕落也下不来。一心想在上海混出点什么的刘平，好天真。

当然，想通这些并说服自己接受，那是很后来且漫长的事了。刚住进来时，刘平看章雨霖喝水一样喝咖啡，客厅满书架的画册，随便一本都上千。请刘平去西餐厅，不好吃就是不好吃，再贵也不碰了。常常慷慨地送进口零食，不像是特意对她好，更像是多得无处消化，赶快找人解决。刘平在附近发现地摊小吃，味道正宗得想起在老家，爸爸带自己吃夜宵的画面。穿一身正装，又不好坐着在路边吃，便打包回家。电梯把她吐出来，刚要开门，想起吃什么都摆着嫌弃脸的章雨霖，又退却了。实在没办法，只好躲在楼梯间吃。吃着吃着就蹲下来，蹲着蹲着就哭出来。一个曾经高高在上的人，如今怎么成了这样？

又想，有钱归有钱，总是拿人家的也不好。便几大口吃光，冲回家打开拉杆箱，妈妈塞里面的核桃仁还没舍得吃。想拿去给章雨霖，又发现放太久，发涩了。刘平总唾弃瑶瑶的穷人思维。那是因为在骨子里，她和瑶瑶根本一个样。从此，刘平在章雨霖面前，平白无故地矮一截。刘平常想，自己所有的奋斗，不过是为了得到章雨霖一生下来就拥有的生活。她这样幸运，为什么还能活成行尸走肉呢？

游戏，只能是游戏。杀一个怪物就马上得到金币，敲几下键盘就飞速分泌多巴胺。快乐兑现得如此之快，还没等待就已经到手了。可现实世界恰恰相反。漫长的挣扎中看不到一丝希望，方向难以判断，反馈无法及时。苟延残喘又满心期待地撑到最后，很可能是死路一条。不是废物是什么？刘平觉得，只有废物才贪图安逸，不敢也不能战胜现实。

刘平对章雨霖心怀偏见时，章雨霖却在困惑，如果一个人看清了命运的真相，要不要假装没看到？如果不能假装，那要怎么继续生活？如果又看清另一个人注定失败，那是不是要说出来？如果不说，就让他沉迷于自我欺骗吗？但如果说，他会活得更好还是更糟糕呢？章雨霖看刘平就像看永动机，每天睡眠不足六小时，走到哪儿都挤破头颅。可今日的白领，等于昨天的农民。生活改善，不意味着阶层上升。游戏规则年年在变，现在还是那个寒门出贵子的时代吗？章雨霖很想告诉刘平，一命二运三风水，四积功德五读书。读书排在第五，仅仅是第五。

6

刘平和吉赛尔闹翻后，撞鬼似的避开对方。也幸好作息错开，一个下班，一个刚好上班。瑶瑶就不一样了，火锅店有时早班有时晚班，常冷不丁地遇见刘平。瑶瑶没有介意刘平的诬陷，反倒觉得是自己的出现，破坏了整个屋子的宁静。她满脸歉意，一副怕被人嫌弃的恐惧。刘平不好意思了，也奇怪，这女孩怎么这样，明明什么没做，却要把全世界的错都揽身上。

瑶瑶嘴拙。唯一能做的，就是用她的方式对别人好。只是瑶瑶的大脑还不足以理解，她觉得好的方式，不等于是别人觉得好的方式。每件都是错事，但每件都饱含真心。每件都期待回报,但每件都希望落空。刘平看懂了,瑶瑶的命比她还苦。不是穷不穷的问题,是性格。性格让瑶瑶选择一辈子爱别人。爱总是比被爱苦。

不过,刘平有时真的恨铁不成钢。瑶瑶省钱省到了令人发指的地步。购物袋里,不是买一送一的临期面包,就是坏了一半的打折水果。聚会吃自助,为了清空肚子胡吃海塞,可以三天不进食。地铁上被偷了钱包,加起来才两百不到,她却念叨一周。甚至,还会去垃圾桶里瞧一瞧,能不能变废为宝。花很多时间赶去便宜的菜场,拎整整四大袋蔬果。一人一袋。没人要她买,也没人要省那点钱,但瑶瑶觉得大家只是客气。对她这样的人,完全不用客气。

有次刘平接过卡车上的批发苹果,实在忍不住说,你这样吃饭不规律,会生病的。瑶瑶逞强笑说,不会,我身体好。刘平又说,浪费时间省这点钱,真的不值。瑶瑶突然皱眉说,怎么不值,挣钱多难,能省就得省。刘平闭嘴了。和一个思维僵化的人说话,真累。瑶瑶花两小时找免费的电子书,刘平已经用十几块读完正版开始第二本了。瑶瑶货比三家很多网店后省点小钱,刘平却用这时间维护了一段珍贵的人脉。有人节流,有人开源。

也许开源比节流更有用,但是,有用意味着活得更好吗?刘平回想,瑶瑶眼里的腊肠红枣芝麻粉,等于自己羡慕章雨霖的西餐画册进口货。可那么吝啬，送的时候也没想换得什么。那么贫穷，却可以一直送，不断送。刘平不明白，瑶瑶心里源源不断的爱是从哪儿来的？

章雨霖几天不在家，说是出门散心，刘平倒觉得是去治网瘾了。晚上，屋里只剩刘平。闲来无事，倒了杯红酒看书架上的画册。章雨霖最爱的一本。一本的价就抵好几本，也看不懂，只觉得配上红酒、月光、钢琴曲，有钱人的生活不过如此。可自己真的享受吗，还是假装享受？没想出答案，却一个手滑，打翻了整杯酒。刘平慌乱地拿毛巾擦画册，却越擦越脏。像一张血盆大口，刘平被自己的欲望反噬了。

没多久，瑶瑶到家了。头一次，颤颤地敲开刘平房门，问她陆家嘴怎么样，这个地方好不好。刘平嘴上敷衍着，心却塞在书架里。瑶瑶又问："我能在陆家嘴找到工作吗？平姐你有认识的人吗？"

刘平噎住，像是吃到一口虫子要吐出来："你意思是没关系就找不到工作吗？"

瑶瑶猛然意识到冒犯了刘平："不是，我只是想多挣点钱……没什么……"说完要走，又被刘平叫住了。

"你最近打扫书架是不是弄翻了果汁？我看有本画册脏了。"

瑶瑶愣住，用一种吃了子弹的语气回："也许吧，我可能太不小心了。谢谢平姐提醒。"

刘平很错愕。她不过是灵机一动，假装试探。但怎么能这样？瑶瑶怎么能随便相信一个人，怎么能把人都往好了想？她还想在上海活下去吗？这年头，自私还能被误解成善举。刘平突然想起瑶瑶的诉求，正想问为什么换工作时，她已经回房了。

瑶瑶第一份在火锅店的工作，就是老乡介绍的。刘平知道小地方重人情，做什么实力其次，关键是有没有关系，关系够不够硬。可瑶瑶不知道，刘平最恨的就是这一点。那年刘平考上全市最好的高中，刘爸爸教数学课的学校领导，却要求刘平转校以提高升学率。刘爸爸拒绝后，学校取消了他所有的评优资格。这么多年，刘爸爸教得再好，也没能提高一点地位。更可气的是，他明知这地方到处是潜规则，却还坚持女儿留在老家。平安大于一切。他说来说去，最后都落到这一句上。可尊严呢？刘平反复问，一个人之所以为人的尊严呢？

刘平在客厅踱步好久，瑶瑶终于洗完澡出来了。刘平很想冲上前说，瑶瑶，这是上海，是一个规则透明不用谄媚的地方，是一个只要你努力就能看到回报的地方，你要摆脱老家那套思维，在这里重新开始！可不知怎么，一看到瑶瑶的脸，刘平到嘴的话又蹲下去了。她在疑惑。尊严，或者说存在的独特性,对瑶瑶这种女孩而言,真的重要吗?

没等刘平发问,瑶瑶主动开口了:"平姐,我问了很多老乡,终于打听到我爸在陆家嘴工作。他不肯见我。我想去那儿一边工作,一边找他。"刘平忽然意识到,瑶瑶这是从伤口扒出血给她看。刘平禁止自己为不相干的人动情。因为精力只有那么多,每一点都要用在刀刃上。可最近,她不但为瑶瑶的命运感伤,还为保洁工赵叔的失踪难受。听公司的人说,他投资的 P2P 公司倒闭了,跑路的老板不仅卷走他所有的积蓄,还有好些网贷。才明白穷不过三代的意思。不是穷到三代以后就不穷了,而是穷到三代就绝后了。刘平活得也明白。在上海,每个人都是一座孤岛,谁都帮不了谁。只是,赵叔的消失,仿佛切断了她和老家爸爸的联系。刘平更孤独了。

那天,刘平下班往地铁口走,意外看到蜷在路边的瑶瑶。捧起脸颊,才发现她哭得五官融化。学历低找不到工作,太碍事找不到爸爸,瑶瑶被上海遗弃了。刘平心一软。自己得罪客户又刚扣工资,也被遗弃了。两个遗弃的人索性凑一起。寒冷和寒冷生不出温暖,但可以一起寒冷。刘平带瑶瑶去了居酒屋。入座前要脱鞋,服务员直直盯着,瑶瑶的脸突然霉变。她拽着刘平说还是回家吃,别浪费钱了。刘平把她拉到角落,背过服务员,从包里掏出一双袜子说,很久没吃日料了,就当陪我,另外这里地板凉,我上次赤脚就感冒了,你快去洗手间换一双厚袜子吧。

瑶瑶来不及细究，被推搡着进去。刘平总算松一口气。以前去阳台晾衣服，不仅冲吉赛尔的大罩杯内衣吐口水，还留意到瑶瑶破了洞也不舍得扔的袜子。早买好几双放包里，等合适的时机送过去。不能太刻意，也不能像施舍。那种看人脸色长大的心，容易碎。

刘平回忆第一次去外滩的高档餐厅。明明自己是花钱消费的客人，却战战兢兢地手脚冻冰。点菜不敢大声，加水也不会开口。服务员的眼光是餐刀，琢磨自己这块牛排是横切还是竖切。所以，刘平也能理解瑶瑶点菜只看最便宜的，知道她只记得价格，却分辨不出难吃和美味的区别。但总有一天，瑶瑶会长大的。像自己那样长大。

不过，连刘平自己都没意识到，她今晚格外体贴，体贴得都不像陆家嘴白领了。瑶瑶受宠若惊。可这不是她一直所期盼的吗？把自己想要的给别人，以幻想别人像自己付出那样对待自己。刘平问，你爸爸为什么不要你。瑶瑶说，他从小就不要我。刘平问，他凭什么不要你。瑶瑶说，因为我不省钱。一块寿司卡在刘平喉咙口。瑶瑶继续说，吃饭要钱，上学要钱，嫁人要钱，为了养我，我爸一直在上海打工，每年才回一次家，挣钱太苦了，他不要我，就可以不那么苦了。瑶瑶每说一句话，就是砌上一块砖。话说完，坟墓也砌完了。

爸爸在心里，自己在坟墓里，很幸福了。

原来瑶瑶令人发指的省钱，是令人发指的讨好。晚上回家，刘平破天荒地打开瑶瑶送的那罐芝麻糊。放太久，弄了一手灰。咕咚咕咚地喝下去，感觉永远喝不完。好像瑶瑶发烫又浓稠的爱，永远也拿不完。又想，如果古怪逻辑导致古怪行为，畸形家庭催生畸形心理，那吉赛尔也是这样吗？她的洁癖，她引以为傲的乳摇，也藏了那么多无可奈何的委屈吗？刘平猛然惊醒。

7

朋友归朋友，刘平想当然认为赵叔落到今天的下场，只能是活该。投出蝇头小利便想一夜暴富，本金不够只好贷款借钱。谁知贷款没还清，骗子老板跑路了。从此拆东墙补西墙，利滚利越欠越多。但很快，刘平不这么认为了。就瞧瞧自己。比以前更努力，可物价越来越高，工资越来越少。看衣着光鲜的大佬从豪车上下来，竟也萌生抢劫的念头。想来赵叔也该是一步一个脚印的老黄牛。但要被多少不公平压迫，他才会患上疯牛病？这样说，眼里鄙视的孬种，是不是曾经也通宵用功？口中唾弃的人渣，是不是在善良泯灭前也是一个好人？难道成为自己曾经厌恶的人，仅仅是一步之遥？不能再想了。再想下去，对整个世界的认知都会颠覆。刘平是读书人。她知道书读得太深是什么下场。

那一天刘平妥协了。对于公司的应酬，她向来能避则避。但刘平终于承认，不是社会变了，而是学校书本里的承诺始终是假的。如果没有雄厚的家庭背景，以及这种背景长期孕育的精英人格，那一个手无寸铁的女人，是不是可以利用性别变一点点现呢？她知道是可以的。不然为什么高颜值更能揽客？昧着良心买衣退货又是为了什么？

饭局上刘平喝多了，但还是没拒绝去会所唱歌的邀请。万一客户突然高兴，趁着酒意签下大单。是时候改变自己了。刘平犟太久，终于低头。可没想一坐进包厢，强烈的呕吐感就涌上来。失策了。如果马上离开，又显得拎不清，比不来更糟糕。刘平说服自己等一等，不能一时冲动。

杯盏交错。客户的歌声好像一种腌坏了的酱料，一刷子一刷子地抹在刘平身上。更想吐了。不知怎么，隐约明白吉赛尔的洁癖是怎么一回事。麦克风放下来，客户要刘平喝酒。她推脱身体不舒服，可他的手已经搭在她的肩上："你不喝就是看不起我！"刘平知道这是一种测试。测试自己肯不肯服从，他的权力够不够强硬。眼神也顺势下滑。可刘平实在平坦，给不出高曲线滑梯的刺激。客户显然黯淡了。

刘平忽然被刺痛，迅速夺过酒杯一饮而尽。在那一瞬，她感到自己骨子里的下贱。在争取像男人一样有尊严，和承认自己的女性魅力之间，她选择了后者。而且是以被侮辱的方式。平归平，毕竟还是女人。便宜不占白不占，客户的手很会说话了。而就在刘平本能地挣脱时，包厢的门忽然开了。刘平万万没想到，会在这里碰见吉赛尔，况且是她一生中最羞耻的时刻。

吉赛尔刚从上一个包厢出来。手臂上还残留着被烟头烫伤的血疤。大佬的小弟把会所经理拉到一旁说，哎呀，就是喝多了没看清，以为那是烟灰缸嘛。明摆着是欺负人，可吉赛尔有一百张嘴，也说不过大佬掏出来的人民币。换场之前，吉赛尔还在想，虽然自己恨刘平的冷漠和势利，但要是能像她那样堂堂正正地做女人该多好。谁知一开门，就看到了铁蹄下的刘平。

点吉赛尔的男人喝醉了，趴在沙发上大睡。难得清闲，不用赔笑也赚钱。一旁的刘平还在挣扎，可酒精兑笑声的挣扎，更像是一种勾引。吉赛尔一边拿糖纸折小公主，一边用耳朵判断，刘平究竟是当惯了生意场的交际花，还是真的不想靠身体上位。

很快，从那毫无经验的哭丧中，吉赛尔听出了刘平的无力。一个独属于贫穷女孩的无力。想反抗，却没有资本为反抗买单。得罪客户，是不是意味着多年的努力毁于一旦？吉赛尔恨透刘平，也恨透了这些男人。但随着旋律的起伏，她一个转身拉过刘平的客户："老板，陪我喝一杯嘛！"只一瞥，他黏糊糊的眼珠就蹦到了吉赛尔身上。肥美又殷勤的，谁不要呢？

刘平如愿地脱身了，却以一种很寡味的方式。被自己踩在脚下的人相救，难道不是一种更深的屈辱？厌恶吉赛尔的妖娆曲线，却又感激她的善解人意。咒骂上海的恃强凌弱，却又渴望成为它的一部分。看着吉赛尔的潋滟春光被一寸寸污染，刘平在想，那些自以为干净的人，就真的比吉赛尔更干净吗？自己面对客户时的谄媚，客户面对更强大势力的奴性，出卖灵魂就比出卖肉体更高级？还是说，其实这世上大多数人比婊子更婊，他们没有权利去耻笑一个字面意义上的婊子？

而当刘平盯着桌上的糖纸小公主，吉赛尔也在问自己，为什么要这么做？仅仅因为已经脏了，就不在乎多脏几个小时吗？那刘平对自己的凌辱呢，就这样一笔带过吗？吉赛尔无法解释。她只觉得和瑶瑶走太近，自己无形中被重塑了。原谅不可原谅之人，能找到一种救赎般的幸福。吉赛尔不是在帮刘平，而是在帮自己。

风卷残云后，两个针尖对麦芒的女人终于坐了下来，安静感受对方。刘平半蹲在地上，坚持要给吉赛尔烫伤的皮肤涂药。

"你知道吗，你有一个女人最骄傲的资本。"刘平抬起头，眼神停在吉赛尔的胸部。

吉赛尔惊讶得无法呼吸。

"以前我处处看不惯你，其实就是嫉妒，嫉妒你的好身材。现在想来真是我的错。对不起。"刘平的诚意放在吉赛尔手里，沉甸甸的。可没想到，滚烫的泪水一路灼烧而下，点燃了吉赛尔近乎腐烂的过往。

她说："原来你嫉妒我的，恰恰是我最厌恶的。"

这下换刘平说不出话了。

十岁那年，吉赛尔开始穿C罩杯内衣。在路上不断被袭胸，这么羞耻的遭遇却不可告人。女生们敌对孤立说，胸大勾引男人，早晚是个卖货。男生们起哄挑逗唱，高小红真实惠，五块一次没小费。被妈妈不断带去乳腺科检查，医生随意拨弄说没病，就是发育太好。去办公室告状，老师却认为一个人对抗一群人，只会是一个人的错。

吉赛尔不知道自己错在哪儿，但越来越多的脏话、谣言、行为攻击，冲涌到家中。不是她的错，也成了她的错。连爸爸都觉得恶心，甚至不愿和女儿在一张桌上吃饭。后来吉赛尔来到上海，再也没回过家。既然谁也不相信我，那索性就成为你们希望我成为的。每一天上班都是折磨，每一次夸奖都是耻辱。赚的钱越多，痛苦就越深。像一扇来来回回打开太多次的窗户，即使关上，也是千疮百孔地漏风。

回家路上，刘平紧紧挽住吉赛尔的手。除了一点温度，刘平不知道在这个薄情的寒夜还能给她什么。经过路口时，一个身着华服的女孩被人群簇拥着，高眉深目的男人跪下来求婚。蜡烛梦幻，香槟喷薄。刘平和吉赛尔都被这一幕深深吸引了。她们知道，那样气质高贵、集万千宠爱于一身的公主，她们永远也成为不了。

但是这一刻，她们有彼此就够了。真的够了。

8

章雨霖回来了。的确不是简单的出门散心，但也不是刘平说的治网瘾。其实是章爸爸硬要带她看心理医生。章雨霖知道没用的。一切都是徒劳，生命也是徒劳。只是，章爸爸认为世界以他的意志运行，也把期望强加到别人头上。这么多年，章雨霖习惯了。

回到家，见刘平、吉赛尔、瑶瑶围在桌边吃饭，笑声也沸腾得冒泡，章雨霖很震惊。短短几天发生了什么，竟让三个水火不容的女人走到一起？随之而来的是更强烈的孤独。她嫉妒她们的笑声，嫉妒那廉价的快乐。尤其是瑶瑶的快乐，随时要，随时都有。一个家境不好、智商不高的人，是不是更容易被世界取悦？想到这，章雨霖觉得自己很贱。别人羡慕她会投胎，可起点越高，幸福不是越难拥有吗？

看到章雨霖一脸颓废地进屋，刘平和吉赛尔才恍然明白，原来她们以前敌对的从来不是彼此，而是一种漂泊无依的生活，一种以章雨霖为代表的更高阶层的女孩。户口是真的，房子也是真的，章雨霖再怎么颓废，该是她的还是她的。

瑶瑶见章雨霖回来，砰地跳起："雨霖姐，这几天玩得开心吗？你脸色不好，是不是太累了？工作怎么样，你准备好了吗？"瑶瑶像一把机关枪，举起来就扫射。

章雨霖白了她一眼，沉默着进了卧室。刘平和吉赛尔对望着。她们清楚，瑶瑶从来不会有这种不公平感。她活着，就是为了别人而活。瑶瑶没有忘记对章爸爸的承诺。她要劝章雨霖上班，就一定会去劝的。安神汤继续煮着，准点微信叫她早睡。玩游戏太久，便一把拉掉总闸。甚至省钱买励志书，划出重点地塞给她。不管有没有用，活着总是要有盼头。瑶瑶有那么多盼头，很想分一点给她。章雨霖哭笑不得。但看着被章爸爸附身的瑶瑶，又觉得恶心。瑶瑶没自己的生活吗？她凭什么用道德绑架别人？她知不知道无知会害人，善良也会害人?

那天瑶瑶在门缝里,看到章爸爸愤怒地甩了章雨霖一巴掌。瑶瑶很痛,凭空地感到痛。小时候爸爸打自己,一定是犯了不可饶恕的错。比如乱花钱、学习懒、不合群。瑶瑶失眠好几个晚上,终于做出重大决定。她把写了很多年的几本日记,放到章雨霖的床头。如果一个人把自己最柔软的地方交出去,那和自毁没什么区别了。但瑶瑶可以爱所有人,就是没办法爱自己。

章雨霖花了整整一周,才看完瑶瑶的日记。不是看得太慢,是她看了一遍又一遍,却还是难以消化。

瑶瑶九岁时写:"爸爸去上海打工了。他是不是讨厌我,所以才借着打工离开?"

翻了一页又写:"大伯说,爸爸打工是为了赚钱,养我要花好多钱。那我每天少吃一包辣条,爸爸会回来吗?"

看到第二本的扉页:"过年,爸爸回来了。两年不见,我都不认识了。今天他批评我,说小朋友们聚一起放鞭炮,为什么我一个人在角落?是不是做了坏事?爸爸强调,朋友很重要,有朋友的人走天下。我没朋友,但我也没做坏事。"

隔了两天:"爸爸很在乎朋友,是因为他在上海没朋友才这么说吗?爸爸别走了,老家有很多你的朋友。"

过了几年,瑶瑶上初中:"以前别人问我要不要一起玩,我太要面子，说不要。但其实我很孤独，如果她们再坚持一下就好了。今天我也想和一个女生玩，她拒绝了我。我知道她不是讨厌我，就是太要面子。我会坚持和她交朋友的。"

换了一本，瑶瑶依然借宿在大伯家："我是被亲戚们养大的。所以不能自私，不能说自己想要什么。即使心里很苦，也要天天假笑。这样就不会亏欠他们更多。"章雨霖看到这异常难过。她忽然理解瑶瑶刚搬进来时，把头主动伸到别人脚下的卑微。也明白那种取之不尽的笑容，来源于怎样一个空荡荡的心灵。

翻到今年，瑶瑶来上海之前："爸爸突然给了我很多钱，然后说要断绝关系！我到底做错了什么？"

搬进章雨霖的小屋后："来上海一个月，还是没有爸爸的消息。手机停机，他真的不要我了吗？幸好，一起住的三个姐姐人很好。吉赛尔好漂亮，平姐是学霸，雨霖姐属于高档次的人。真羡慕她们。如果成为她们中的任何一个，爸爸就会爱我了吧？"

翻掉半本："爸爸见我了。但也亲口说，别再找他。摔了一跤，被吉赛尔发现。她居然不嫌脏地搀我回家。"

又是半本："在陆家嘴好多天也没找到爸爸。真的要死了。幸好碰见平姐，谢谢她带我吃日料。她是刀子嘴豆腐心。"

再看到最近:"章爸爸对雨霖姐那么好,为什么她不懂事?小时候我希望有人来修复我和爸爸的关系,但是没有,一个都没有。现在,我特别想帮雨霖姐走上正轨,章爸爸一定很开心。"

日记的倒数第二条是:"章爸爸打了雨霖姐。我知道他是无心的。怕他出事,我就跟着走了一段。后来他躲到小树丛里哭了几分钟,才重新进停车场。好心疼。不知道我的爸爸是不是也这样?"

最后一条是:"我知道的。只要我省吃俭用、不惹麻烦、交很多很多朋友,爸爸就会爱我,重新回到我的身边。"

章雨霖的哭声走到这,彻底迷路了。

9

章雨霖破天荒地参加四人聚会。去的路上,她在想,要怎么解释自己一步步堕落成这样。刘平肯定不相信,曾经的章雨霖门门考第一。出生优渥,头脑聪慧,走来走去都绕不开一条康庄大道。章爸爸有远见,早就为女儿设计好人生。顶尖大学读金融,最贵的土地上占一席之地。丈夫要门当户对,一双儿女摆出去也有头有脸。

章雨霖的画家梦早就折断了。她懂爸爸的心思。这种家庭放上海，还是档次低了。章爸爸的衰老撑不起他的野心，只好顺延到女儿身上。章雨霖不能说爱有错，可太多自以为是的爱也要拥护吗？爱就不会把人压死吗？超速飞行的章雨霖，终于在某一天坠机了。她忽然不明白自己是谁，为什么要活，得活成什么样。成就拥有越多，内心却越空虚。她并不喜欢这些成就，只是为拥有而拥有。更糟的是，画家梦也捡不起来了。热爱又不等于天赋。章爸爸光宗耀祖的梦也愈发可笑。上头强强联手，壁垒森严，不是光靠努力就能进去的。就算进去了，又有什么意义？钱越多，等级感越强，难道就不空虚了吗？

　　人一旦把命运想破，就很难缝起来。从此，章雨霖靠游戏来抵抗虚无。没有游戏，活下去都是问题。既然这样，为什么要参加这个无意义的聚会？章雨霖深呼吸着，脑海里全是瑶瑶的字迹。她想大道至简，瑶瑶才是那个最深刻的人。下车时又反应过来，不是谁都有她那么优越的条件。这话的意思是，不是谁都能站在她的高度想问题。人慈心善，但不等于理解你。章雨霖决定闭嘴。什么都不说。

　　四个杯子碰到一起，前所未有地敞亮。吉赛尔第一次享受夸赞。刘平压抑太久终于释放。章雨霖的身体也开始回温。而这一切，都归功于瑶瑶，这个家里最穷、学历最低、思想最愚昧的人。瑶瑶干掉一杯，闭上眼久久地回味。她多想让爸爸看到这一幕。打工存了好几万，成功地交了三个好朋友，在上海活得别有滋味。爸爸会满意的吧？他会爱我会回来的吧？

想着想着，瑶瑶忽然失去重心，摔倒在地。

10

再醒来时，瑶瑶已躺在重症监护室。胃癌晚期。吉赛尔跪在地上小心喂水，章雨霖焦虑地来回踱步，刘平气不打一处来："跟你说不要为了省钱就不好好吃饭，现在搞出病了吧！"得病的倒像是最健康的。瑶瑶笑着安慰三个女生："没事，没事。"可当医生说治疗费高达几十万时，瑶瑶的脸还是冻住了，笑容像生锈龙头里的水，一滴一滴砸下来。爸爸给的钱，加上自己挣的，还不超过十万。

其他三个女生，则经历了好几晚的思想斗争。别看肉体生意很赚，可维护起来也开销大。吉赛尔攒了小钱，本来打算开美甲店改行了。刘平看着光鲜，但陆家嘴太多人入不敷出。有还是有一点的，如果拿出来，那房子的首付就彻底泡汤了。章雨霖更是两难。看完瑶瑶的日记打算重新开始，或许创业，或许开咖啡馆，总之不再花家里的钱。可现在明摆着二选一，要么顾自己，要么顾朋友。

终于，在某天早上，三个女生顶着黑眼圈走出自己的卧室。吉赛尔先点头，刘平后点头，章雨霖也默契地点了点。她们从未想过自己会有这一天，身处各自的寒冬，却把唯一的炭火贡献出来。说出去也丢人，在这样的世界，舍己救人更像一种炒作。不如闭嘴，偷偷地自我感动就好。与此同时，她们也携手咒骂瑶瑶的爸爸。一个人究竟得坏成什么样，才会让女儿战战兢兢地活出胃癌？他又要多么狼心狗肺，才舍得和孩子断绝关系？三个女生都恨过自己的爸爸，但与瑶瑶相比，那根本不值一提。

赶到医院时，病床上却空无一人。护士很茫然，一早起来瑶瑶就不见人影，把医院翻了个底朝天也没找见。监控调出来，才知道她穿着病服，半夜就溜出了门。治病的钱都准备好了，可人呢？人究竟到哪儿去了？

几天后，一具女尸从河里打捞上岸。

11

瑶瑶爸在刷手机时，刷到了女儿患癌自杀的新闻。手机落在地上，竟也没有摔碎。可就像这个世界，一切看起来都那么正常，内在早已分崩离析。他要怎么和一个死去的人说，多年来拼命打工，是为了给她提供和城市女孩一样的好条件；可一分耕耘未必一分收获，笨拙地无法承认失败，也无法说我爱你；带着赌徒的心去投资却血本无归，断绝关系仅仅是为了不拖累；瑶瑶的爱太过丰盛太过耀眼，总是奋不顾身地跳入别人的命运，赔上自己的一生。他承受不起。

可一切都晚了。什么都说不出口了。

当三个女生终于见到这个禽兽不如的父亲时，刘平震惊了。原来他就是赵叔。这个她认为在公司里最老实也最善良的好人。后来在瑶瑶的病床枕头下发现了一封信，打开来只有短短两行字："我一无所有地只剩下爱了，全都给你们。但愿你们不要嫌弃。"

落款是赵瑶。

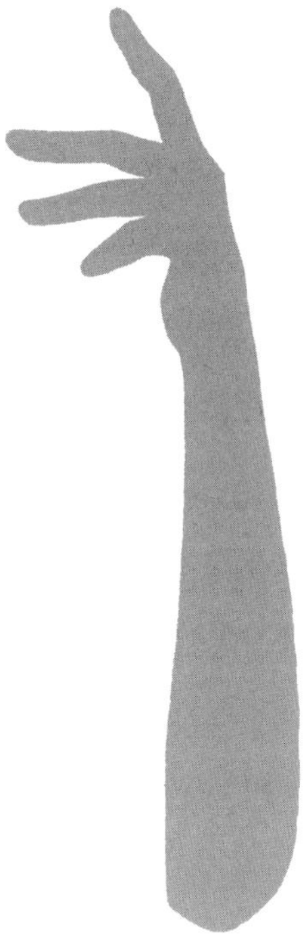

漂亮的女作家

大城市教给我的一句偏见是：不漂亮的女孩不配做任何事。偏见不是真理。但一个人只有保持偏见，才能拥有幸福。

那年我刚到上海，在襄阳南路的老洋房里租了一间房。很贫瘠，只有一扇蓝色老式大钢窗。房东站在十平米大的领土上，脸上的傲慢像一块抹布。眼神飞到哪儿，抹布就甩到哪儿，蜘蛛网看得见也看不见了。邻居老太太不明白，就算这房挑高四米剖成两层，就算随手一把醇厚的年代感，就算离最繁华的淮海路不过一公里，但也犯不着每月花四千块，落到和她共享一个卫生间的处境。

窝了一辈子的土地，怎么就越来越金贵。老太太很困惑，但又不是那种非要找到答案的困惑。她用目光把我扒干净，然后总结性地落在第三扇房门上，不知是悲哀还是庆幸地说，要不是你们这些外地人涌进来，上海的房价也不会这么高，自己作的。

我一时没找到舌头，只好讪讪地笑。后来才知道，去大城市讨生活的人，舌头总是被割断一截，捏在别人手里。老太又问，小姑娘你是做什么的？我含糊说，就是普通公司上班的。老太意味深长地哦了一声，像是在说，看你的面相，也不是卧虎藏龙的人。老太又感叹了，普通好啊，总好过不干不净吧。说这话时，她的目光再一次落在第三扇房门上。

除了我和老太，这层楼还有另一个租客。

我才知道，"普通"的档次也就比"不干不净"高那么一点。但什么叫不干不净呢，谁的生活又真正干净呢？我还来不及细究，老太就钻进她的螺蛳壳里。有优越感就是这点好，连辩解的时间都不给。谁说最后一句谁就是真理。

搬进老洋房后，我常喜欢在深夜回家。有时周末没事，也要晚上出门溜一圈，就为了能在快到家时，一路走一路看那扇蓝色老式大钢窗。一分钟不到的观望，几乎成为我人生的高潮。幻想拨动心弦的文字从窗户里流淌出来，幻想狂热的读者拥在楼下只为目睹偶像，幻想翻手为云覆手为雨的权力。幻想被才华囚禁，被成功鞭打。

我想当一名作家。

说出这句话实在太羞耻了，以至于我从没告诉过任何人。但就是这个幻梦，让我一边忍受满屋子的霉味和蠢蠢欲动的蟑螂，一边透支未来的健康，付清贵得离谱的账单。大城市的一切都很离谱，但离谱过头反而正常了，不正常的都是初来乍到的人。所以当时，我对那个偏见还一无所知：不漂亮的女孩不配做任何事,自然更不配写作。

观望自己房间的窗户时,不可避免地会看到紧挨着的另外四扇窗。最大的一扇朝南,小的三扇朝东,半圆形的窗顶上镶有彩色玻璃,好像公主头上的王冠。公主是谁,反正不是我,也不是邻居老太。我苦笑着,笑声从喉咙口呕出来,又硬生生地咽回去。要知道,反刍是漂泊者的必备技能。大概住了一个月,我终于不能容忍自己就这么安然入睡。我拔掉耳塞,从床上弹起来,第一次耐心地、细致地、深入肺腑地品味第三扇房门里的声响。每一下高跟鞋都踩进我的心脏,每一声尖叫都勒紧我的脖子,还有某种无法抗拒、却高高在上的魔力,铸成一把利剑。我被戳在墙上。

我不懂,为什么那间房里永远人满为患,笑声不断。我很想冲下床,大声地摔门,质问她,以及她的那帮狐朋狗友:"你们玩够了吗?到底还要多久,有完没完!"这一系列的动作,在我脑海里反复上演。

可我迟迟不敢上台。现在,我真的厌恶起那个从未谋面的邻居了。影响睡眠还是小事,关键是我隐约感到,那扇门背后有一些太过耀眼的东西,会逼出我赤裸裸的自卑。而为了躲避真实的自我,我竟然就这么心安理得地,待在自己为自己准备的牢笼里。以为踮一踮脚尖,整个世界都触手可及。一个人是另一个人的照妖镜,现在不照,迟早有一天还会撞见,并且奉上加倍的刑罚。

那天,果然狭路相逢。还偏偏是我最狼狈的一天。怪只能怪这楼梯不堪重负,家具堆得分不清腿和腿。我拎着垃圾袋一脚踩空,几乎是一路滚下去,摔到她面前。有点分不清什么是垃圾什么是人的意味。以前不过是心里矮一截,现在却像由内而外地认输了。她踩着银色高跟,仿佛细长的柱子。我吃力地用目光抱住她,一段一段地站起身来。

"是你?!"

她惊呼着,不可思议的满足。毕竟人混得怎样,扫一眼就有数。而我不愿相信,但又不得不相信,眼前这个女人正是我高中的校花,钱漾。"大家可以叫我漾儿,但不能叫我小漾哦!"我至今还清楚记得她自我介绍时的娇媚。男生都被勾了魂,女生一个个心里恨得牙痒痒,这女的什么货色,她说怎么叫就怎么叫?可狠也狠在这,人家说得很礼貌,你不这么叫倒显得没家教了。她用这一招,真是信手拈来,屡试不爽。

我捏出一把汗,心里后悔得直跳脚。我本可以在发现这一点,却还没让她知道我之前,偷偷搬出去的。现在好了,老同学很热情,你要走就是你不近人情了。我被她领进家。像是一条戴项圈的狗,踮着脚尖流着口水,就是不敢汪汪大叫。怕一叫,要玷污她纯净的友谊。

也许我该说她贴心的,在参观她家之前,她扫了一眼我的房间,在跨进去前眼神先止了步,好像不用看就已审阅完狭小的空间,简陋的家具,以及我不堪一击的自尊。她甚至提都没提,就轻飘飘地抛来一句:"进来吧,先换双拖鞋。"哦,她家大到要换拖鞋呢!

"没想到我们会租到同一栋洋房的同一层,真是太巧了。"钱漾边说,边把粉色兔子拖鞋摆在我脚边。我挤出笑:"是啊真巧。"她随手捏起高脚杯,输液似地喝:"我常常在家办派对,早知道你住隔壁就喊你来了,好可惜!"我又挤出笑:"是啊真可惜。"她话锋一转:"不过没事,以后多的是机会,我们来日方长。"我挤不出笑了,只好保持肌肉不动:"是啊来日方长,来日方长。"有一瞬间,我们互相都冻住了。但钱漾到底是社交女王,灵机一动,表情就滴滴答答地融化了。她背过身说:"你随便转转,我给你倒点喝的。"我这才发现自己局促得话都不会说了。不会说也就算了,却还下意识地顺着她,这等于是默认她的话语权。我对自己生气得冒了烟。这个女人就是这样的,明明你很厌恶她,厌恶到最后,却怪到自己头上。

一个房间可以到随便转转的地步,那该有多大?可这不是重点,重点是念念不忘必有回响——我关于未来所有的幻梦,都回响在别人的生活里。北欧绒毛地毯上捧着电脑,一句话就把人写乱，再写一句让他左边脸狂笑，右边脸痛哭；金边鸟笼罩着一桌拿铁慕斯的下午茶，自拍照越性冷淡，百万粉丝就越着迷；入夜后唱片机烧一首爵士，有多少酒喝不完，就有多少男人挑不完。爱情夜夜腐烂，命运日日重生。看着眼前这一切，我的想象力都近乎贫乏了。

"怎么样，喜欢吗？"不知何时，钱漾已端着气泡水走到我身边。她这个问法很狡诈，不是好不好，美不美，而是喜欢吗。已经默认这房子让人嫉妒得无可挑剔了。我点点头说："看来你日子过得很滋润。"钱漾大惊小怪起来："不会吧，我觉得这才刚站在起跑线上。"对这个回答我一点都不吃惊，既然她想要什么，我便给她什么。我说："那你的跑场比较高级，我们普通人可能都进不了门。"钱漾笑了，笑容好像黏上去的，胶水太多又显得皱。

"你知道我现在是做什么的吧。"她又问。这下我真答不上了，不过有什么要紧呢，脸蛋好的女孩做什么都有优惠券拿。"给，你看看。"钱漾说着便递来一本书。书名我至今没记住，一些漂亮字的组合，换个顺序就能出一本新的。只是看到作者署名时，我真的忘记了呼吸。

钱漾，人气情感大师，畅销书美女作家。怎么会呢？做什么不好却偏偏要当作家呢？她以为写作如此轻松吗？可眼前这实打实的一切，猛地甩了我一记耳光。我泛泛地翻书，认得了字却组不成句。我想起钱漾当年写的作文，有几篇确实不错，但也仅仅是不错。

"我做人比较低调，你不知道也正常。"明明人气，明明畅销，到我这却一无所知。被打脸的钱漾在努力圆场。我也应和了一句假话："是我没文化，我很久不看书了。"钱漾的脸终于舒展开："不看书可不行啊，不过，我记得高中你作文也写得很好，常常当范文朗读。"

"你记错了吧！"想都没想，我这句话几乎是一棍子打了上去。她愣住，眼珠翻了一圈眼白模糊起来："那可能真是我记错了，你成绩好，总考第一，不像我光顾着早恋。"一听这话，我又戴起假面来："人丑多读书，早恋是漂亮女生的特权。"

谁也没想到局面转变得如此客套，都以贬低自我来衬托对方了。但钱漾挺满足的，一种听了上万遍奉承话、却还像第一次听的满足。也就是在那一刻，我发现其中的可怕。奉承话说得好叫语言的艺术，说得不好叫马屁拍在马腿上。无论哪一种，都不能当回事，得一听而过。钱漾却不是这样的。她不管好的坏的都全盘接受，甚至为此添柴加火，燃烧仅剩不多的创造力，只为让想象中的自己更漂亮、更诱惑、更至高无上。聊天聊到某一刻，她突兀地甩出一句："你不懂，我真的很喜欢写作！"空气里有玻璃划玻璃的声音。我有点不能理解，一个人热爱一件事，难道不是发自内心自然而然的吗？又何苦声音尖锐，腔调滑稽，到某种寻求他人认可的程度？好像不这么说，自己也不太相信一样。

钱漾送我出门的时候，招呼我和她一起玩。我懒得细究她是需要一个端茶送水的助理，红花配绿叶的陪衬，还仅仅是寒暄。从迈进门槛到离开她家，我在心里一边厌恶一边嫉妒，整个过程回味下来，显得自己很卑劣了。但事实上，钱漾就是我想要活成的样子。想到这，我所有的毛孔都叹了一口气。人的精髓就在于矛盾，想要姿态多高贵，动作就得多下贱。总是心高气傲，迟早有一天会因为脖子伸太长而被折断的。

那天晚上，我没再出门，蓝色老式大钢窗忽然不值得品味了。现在要紧的是，我如何才能把钱漾的那一套学到手，如何才能快速站到和她一样的高度。不过，我还无法抑制一种比追求梦想更强烈的冲动。甚至于，就是这种冲动才驱使我不断靠近钱漾，哪怕忍受嫉妒的折磨——一股邪恶的好奇在我身体里涌动着：那副漂亮皮囊到底是什么做的？背后隐藏了什么？一直这样下去还会漂亮吗？我的枕边放着钱漾的书，一本难以辨别文体和内容的罐头文章集。

自从跟着钱漾到处鬼混，我学会了大城市的另一个偏见：你消费多少钱，你就值多少钱，你值多少钱，别人就用多少钱的礼数对你。很显然，钱漾对我的礼数是比较低的那一档。但她毕竟在上海混过几年，知道对人应比正常档次再高一点。虽说是一点，可人喜欢犯贱，一旦被高看，就要怀着翻倍的惶恐和感激回敬过去。所以那天逛街前，钱漾很体贴地问我平时爱去哪儿逛、喜欢什么式样的衣服、要不要提供穿搭意见时，我确实有些受惊。我忙着说不用，她说怎么不用，不会打扮是要吃大亏的。什么大亏，为什么会亏，我没细问下去，只觉得大城市处处有陷阱。

进了商场才知，惊讶是真，受宠是假。精英人士都很擅长这个技能，有些话仅仅是用来营造一种氛围，和它本身的意思并没什么关系。总之，钱漾再也没提帮我改头换面这回事。她是大忙人，一会儿说"我得去买那只限量版口红"，一会儿说"上次的连衣裙还没高跟鞋配"。女人这个无底洞，买一样的潜台词是还要买八样。

陪钱漾逛多了，便发现她逛街很挑剔，尤其在买衣服这件事上。吊诡的是，钱漾挑的不是衣服，恰恰是人。有时走进一家和她风格很衬的店，衣服才上身，导购员就仿佛大头苍蝇黏在脸上，嗡嗡翻着跟头，恨不得要她马上掏银行卡。钱漾的白眼翻到天花板上，再美的衣服也不要了。有些导购员就很机灵，懂得闭嘴，懂得让客户在显瘦的试衣镜里多流连一会儿，沉醉一会儿。难就难在，钱漾需要流连需要沉醉的时间特别久，这时候就看导购员的眼力和耐心了。

　　坐在沙发上看钱漾试衣服时，我喜欢细细捉摸她的内心，就像品味一款最近流行的香水，几乎都成了一种诡异的乐趣。前调是天哪镜子里的女人也太惊艳了吧，中调是我这种女人会被多少人疯狂瞻仰啊，后调是别数人头了，数不清的，站在金字塔顶端得昂首，不然王冠掉了怎么办。一件衣服要不要买，关键就在于照镜子的这段幻想完不完整。只要完整了，这单买卖肯定成了。

　　不知怎么，我感觉整件事就是一个巨大的谎言。可当我劝自己拒绝一个心心念念价格上万的包时，我又忍不住产生一种拒绝所有幸福的错觉——不会有令人窒息的魅力，不会有红酒牛排的烛光晚餐，更不会出现一个雅痞男，捧着房车讲着笑话，把我从深渊里捞出来。事实上，等到我扒着生活抠出钱，从橱窗里买下那个包时，什么都没有发生，一点都没有，甚至还会被质疑这个包是不是高仿的。有文化了我才知道，我并没有真的拥有，与这个包相匹配的全套生活。起码衣服就很不搭。

　　有时我们逛累了，坐在五星级酒店大堂喝下午茶。点一份三层点心塔，最底层是补充蛋白质的三文鱼三明治，中间层是正宗英式司康，最上层的精致蛋糕仅仅用来摆拍。我举着手机，屏幕里的钱漾正掰开司康，抹着果酱。她的脸上炖着一锅妩媚，照片拍完，妩媚也炖干了。钱漾把满满果酱的司康塞到我手里："辛苦你帮我拍照了，多吃点。"话还没说完，她就打开修图软件。这一下午不看书也不写作，光是发一条微博，时间都不怎么够用了。有些事真不能耽搁，钱漾心里明镜似的，百万粉丝都嗷嗷待哺呢。

也有捉襟见肘的时候。上海是一座巨大的坟场，胃口惊人，从不挑食。纸钱烧得越多，外滩的灯火就越璀璨。不烧钱的人总会被看成不体面。我才知道，为了这个体面，买衣服买包是怎么都不够的。钱漾的日常还包括去美容院护肤、健身房跑步、大剧院看戏，务必保证每一天的肌肤都吹弹可破，每一角度的身材都翠绿欲滴。生活还不能重样，总得翻出新花头叫粉丝惊叹。最高超的水平是，一边暴晒美食还能一边狂秀小蛮腰，根本搞不清哪张照片作了假。

总之，为了支付这些账单，钱漾常常会到还不上信用卡的地步。这时候，如果是我，除了节衣缩食，就只能挑拣着看是否还有二手货可以卖。聪明人就不一样了，聪明人会钱生钱。当然不用管来的是什么客户，卖的是什么产品，钱漾接起软广来都能手软，代价仅仅是说一些不想说的话，得罪一些不想得罪的人。说来也很妙，想要追求体面，恰恰得用一些不体面的手段。

钱来得太快，花得也就更快了。钱漾好像高速旋转的陀螺,越转越痴迷,越转越疯狂。为自己痴迷,为世界承诺她的幻觉疯狂。不知怎么,我在一旁看着,想走近又不想走近,想成为她又不想成为她。我常感觉,在此之前的钱漾不是这样的。她应该和那个初来上海的我一样,压根不在乎什么牌子什么标签,穷人满腔的热血和无知,觉得奢侈品简直就是一个笑话。可真想出人头地时,才知道规则就是规则。你想要往上爬,就得成为规则本身。也许,这真的不能怪人。只能怪镜子、怪橱窗、怪大城市有太多可以折射自己的玻璃。在那里面,想象别人用我看自己的眼光来看我,用我爱自己的方式来爱我。那几乎是所有悲剧的开始。

两个人能长期待在一块,本质上都是各占各的便宜。如果一个人占了便宜另一个人没的占,那这关系肯定长不了。有时,我不免质疑起钱漾对我的友好。她手把手教我化妆是真的,大方分享生活经验也是真的。轮到我请客吃饭,她会照顾我的处境,故意挑一些便宜的餐厅,等到她下次回请时,又恢复轻奢的水准。对于一个漂亮的女孩来说,能做到这么体恤,真的是很难得了。

但事情也不这么简单。后来我发现了,她是一个给了别人好处、还不由自主要说出来的人。化好妆照镜子时,她怼着我的脸啪地一阵拍。"放心吧,美颜了哦!"她一边打字一边说。等我反应过来,她新一条微博的点赞数正往上飙升,配图是我的脸，配文是："今天针对闺蜜的脸型设计了一个很独特的妆容，她超开心的！"我看完手机抬头，正好撞上她的目光。我能说不开心吗，但这开心显得寡味了。

钱漾还经常送我东西，出版社寄来的书、用了几次的化妆品、粉丝犒劳的巧克力。拿也不是，不拿也不是。她真的很厉害，有一种把人置于两难境地的本领。有次钱漾在网上买裙子买大了，又懒得退货，便硬拉着我试穿。我说不行，我驾驭不了这种风格。她一听板下脸来说，你是不是不把我当闺蜜。过一会儿，我实在没辙，只好穿着衣服任凭她拍照。新的微博看都不用看，内容一定是"闺蜜好喜欢我送的新裙子"，下面粉丝一定会说"漾儿，这条裙子不是很贵吗"，另一个粉丝应和道"漾漾，你对闺蜜也太好了吧"。

不像是送，倒像是施舍。这是钱漾的特点，做任何事，哪怕帮助一个人，也要从中榨出点好处来。吃亏的事不做，白辛苦一场的事也不做。不能说是故意的，钱漾可能从来都没认清这行为的本质。她只是太想证明自己是一个真善美俱全的好人了。这种欲望强烈到，让别人感到被利用的地步。

粉丝们买单就好。虽然我时常搞不太清钱漾到底是美妆博主，美食博主，美物博主，还是美文博主。不过不要紧，反正都是美的。人一被刺激到荷尔蒙，就顾不上自己的硬骨头了。当然，美也要有一个度。在这点上，钱漾就体现出高于常人的精明。不能美得太怪异，也不能美得太高冷，要给粉丝营造出努力一下就触手可及的错觉。粉丝看她，好像看高配版的自己一样，比嗑药还容易上瘾。

每当晚上睡不着，我就掏出手机刷钱漾的微博。同样的内容，却百看不厌。每次都有一些新发现，几乎是越挖越有味道了。大概刷了一个月，我终于看懂，整个过程类似于一场万人狂欢的滚雪球。先是钱漾推着小雪球出场，摆着要人怜惜的脸。太多人擅长怜惜，这玩弄一会，那留情一下。于是雪球滚大了，吸引来更多形形色色的人。喜欢的顺手推一把，不喜欢的到处嚷嚷，喊丧一样的夸张。到最后，滚雪球的手越来越多，喊丧的声音越来越响。钱漾都不用出力了，直接坐在雪球上，特别威风，也没人再去探究，那个雪球会不会是空心的。

这时才想起钱漾是一个作家。畅销书不假，美女不假，但一个二十五六岁的女孩就被称为人气情感大师，那是得多有天赋。我问钱漾是怎么做到的，她得意极了，多谈恋爱啊！见我有点懵，她又撩了撩头发，看你没见过世面的样子，下次我带你去玩！

原来邻居老太说的不干不净，到了钱漾眼里，倒成了一种时尚。对新时代女性来说，日抛男友可是一项技术活，不是谁都有一大筐子的备胎可以挑挑拣拣。钱漾有参加不完的派对,只要她想,随时可以开一瓶香槟兑喷薄的荷尔蒙,在舞池里解放天性,烤肉架边回归自然。绅士用金钱打造的见识,与淑女浸泡在物欲里的肉体,真是一场珠联璧合的好戏。

派对上自然可以认识很多人。男男女女,各行各业,拽着这股欢乐的绳索,从遍布城市的洞穴里钻出来,涌到一起。钱漾还常常把我隆重推出场,以一种取笑的方式,活跃气氛。几次下来,都积累了一些经典笑梗。但后来我意识到一个问题,认识人很容易,要建立深刻的联系就不那么容易了。有些女人生来站在舞台中心,有些女人举着高脚杯晃荡一小时,还是孤零零落寞。如果说仅仅是漂亮与不漂亮的区别,那又把问题看简单了。

不过,光是观察钱漾一个人,我就弄清其中的来龙去脉。特别微妙,像是抒一种很复杂又暗藏玄机的纹理,我几乎都上瘾了。问题很关键的一点,就在于看与被看。看的是男人,被看的是女人,需要偶尔的角色互换,但大方向千万不能搞错了。某些女粉丝真是猪大肠塞脑,看了点钱漾呼吁女性独立的文章,就以为和男人有一模一样的权利了。探着两柱追寻猎物的目光,却不知男人不喜欢被捕捉,因为那样显得太不男人了。

皮毛易学,精髓难觅。她们的偶像,美女作家钱漾,就很懂得一边顺从一边拒绝,一边拒绝一边勾引的矛盾战术了。

不得不说，钱漾是与生俱来又后天努力的调情高手。试衣镜里积累出来的自信，让她对男人就像对镜子一样，很自然地搔首弄姿。看着他们又不像看着，冲他们笑又不像冲他们笑，搞不清她到底看哪里，冲谁笑。而正当对方着迷时她又突然走了，有头没尾的，搞得人心里火燎火燎地急。也不知急什么，但就是有什么便宜没占到，感觉特别亏。

我冷笑着，钱漾玩这一招，简直比吃饭还熟练。要不了一会儿，那些落了空的男人就会嗅着气味，来找钱漾的小尾巴。吃不到的肉是香的，得不到的总是好的。当然，吊人胃口也要把握一个限度。钱漾清楚，甩过来十眼回过去一眼，基本差不多了。有时钱漾明明看中的是这个人，却要跟另一个人暧昧。前者是多金多肉的大叔，后者就是年轻蠢萌的奶狗。前者是西装呆板的精英，后者就是痞帅朋克的流氓。总之，看中谁就往谁的弱点上打，先在气势上占领一个高地。

人要是在自尊上受了伤，就格外地想挽回。不然一辈子都被捏着软肋，很憋屈了。等到被看中的男人，下半身充斥着被羞辱的自卑，上半身汹涌着夺回领地的复仇感，钱漾也准备收手。找一个借口支走身边的道具，再看着她的目标人物缓缓走来，脸上绽放出一种比任何男人都有优越感的兴奋。这就是钱漾常和男神参加派对的原因。想象喜欢的人，被别人渴望、抚摸、强占，就加倍喜欢了。

当然，这些都不能写在书里。大多数粉丝都很稚嫩，万一消化不了怎么办。况且，偶像最忌讳的就是在粉丝面前三观模糊。得足够粗暴，足够武断，洗脑才轻而易举。有节目采访过钱漾，对她这种新时代的独立女性很好奇。主持人问："你这么漂亮这么优秀，是不是有很多男生追？"钱漾傲娇地一甩头："是，但是有更多的男生不敢追。"主持人又问："你觉得女生可以主动追男生吗？"钱漾一耸肩一摊手："为什么不呢，这就是新时代酷女孩应该做的！"主持人困惑地摇头："但听你身边朋友说，你从来没主动追过一个男生。"这时，钱漾的笑浮了上来："那是因为至今还没出现一个男生，优秀到想让我主动追。"

节目看到这，我又在心里冷笑了。事实上，她永远都不会主动追一个人。更准确地说，她从来没爱过任何一个人，她只爱她自己。我常不厌其烦地回味着，钱漾对男人的招牌笑容。不管对方是谁，那笑容总是给人如此熨帖的错觉。你想要什么它都会给你，盈盈一握的顺从，独属于你的浪荡；它刚刚好满足你的欲望，不会少一分不够劲道，不会多一分制造麻烦；它发现了你的缺陷和难处，在还没说出口之前就原谅了你；它让你觉得幸运，感到大江大海般的偏爱。

而为此付出的代价是，你要时刻把她放在世界的中心，却一辈子也占有不了她。她属于所有男人，她属于她自己。

整整一年的时间，我看懂了钱漾所有的套路，但依然没能成为她。我明白，我永远都不可能成为她了，那些蓝色老式大钢窗里的幻梦也永远不可能实现了。一个丑陋的人，没有当公主的权利，被命运逼迫着成熟，幻想还没萌芽就已窒息，欢乐还没酝酿就已溺亡。整个人就是一条死路。

我离开上海回到了老家，一个三四线的小城市，找一份不出错的工作，过一种不出错的生活。爸妈很欣慰，觉得我终于认清自己，走上正轨。唯一出错的是，我嫁给了一个不靠谱的男人，或者说渣男。他长相帅气，却有着斑斑劣迹。直到领证前一天，他还在和他的前女友，前前女友纠缠不清。所有人都觉得我脑子进水，明明有一个更适合结婚的备选在等着我。确实，那个人什么都好，除了我不爱他。

听到这个消息时，钱漾问我是不是疯了。我说没有啊，我很清醒。她又问，那他爱你比你爱他要多一点吗。我摇摇头，没有，我更爱他一点。钱漾叹着气，那你就是疯了。我继续反驳着，这次我嫁给了爱情，没有嫁给现实，这不是你书里最重要的观点吗。我感到钱漾在电话那头白眼都翻了出来，她回说，好吧，你开心就好。快挂电话时，她又冒出一句，我真没想到你会选择那种一眼望到头的生活，我以为带你看了这么多，你会有一点梦想的。我笑笑不说话，她大概觉得我不可理喻。

大多数人说想要爱，其实是想要被爱。我说爱，就真的只是爱。

不仅仅指爱一个人。

虽然成了一名微不足道的记者，虽然远离大城市的声色犬马，但我还是会在暗中关注钱漾。当我蹲在垃圾堆采访快要死去的流浪汉时，她正珠光宝气地在书店里开签售会；当我卧底传销组织差点送命时，她刚谈拢一单广告产品的代言人；当我目睹家暴惨剧甚至遭到生命威胁时，她几乎成了大多数文艺青年的偶像。

照片里的钱漾是那样光彩动人，那样享受被观赏、被雕琢、被深深渴望的感觉。人各有命，我只是感慨。参加饭局聚会时，也只有提到明星作家钱漾，大家才会想起桌边还有我这么一个人。他们常问钱漾私底下是一个怎样的人，钱漾能挣多少钱，到底有几个男朋友。没有一个问题和我有关系，我好像一个隐形人，也因为成了空气，所以他们在我面前什么都敢说。那么多蛛丝马迹，再加上一定的推理，我总是能发现很多秘密。奸情、谎言、背叛。从这点上来讲，小城市从来不比大城市差。

当然，类似的手段更多用于家里。我老公常会发现我饶有兴趣地盯着他看，不是那种你要什么我全都给你的看，也不是那种你背着我又和多少女人鬼混的看。就纯粹是看，好像面对一个放在培养皿里的细菌,一具泡在福尔马林里的怪物。我能感到他脊椎骨莫名地发凉。可作为妻子,我把一切都做得无可挑剔,他什么借口都找不到,反而因为自己做太多亏心事而心虚。我看着他想说又没法说,想发泄又不能发泄的样子,感到异常有趣。

说到这,我真的要感谢我的老公。他时常能为我平淡的生活带来别样的惊喜。有时我看着他在众人面前拆我的台,只为弥补自己一事无成的懦弱;有时我在脑海里想象他和其他女人的做爱画面,勾勒每一个细节;有时我研究他,看他如何把我的牺牲视作一种理所应当,甚至用乞讨的语气责备我,每天你都给我一百零一分的爱,今天怎么只给一百分了;有时他被我看得浑身发毛,一气之下冲过来,拽住我的头就往墙上甩。特别男人,人生中唯一男人的时候。血淌下来时,我都对这种人性的微妙着迷了。因为很爱老公,所以在他的帮助下,我完整地经历了嫉妒、忧郁、仇恨、悲痛等等情绪。没有一种落下,人生十分充实。当然,我也要感谢钱漾,是她激发出我这种对人本身的兴趣。她不知道自己做了一件好事。

就这样,很多年过去了。时代风起云涌,更年轻的一批女孩来势汹汹。她们一边在大荧幕和杂志上重新定义美的标准,一边把年老色衰的那批人赶下了台。毫无疑问,钱漾也身列其中。只是我不知道她有没有意识到这一点，或者说，她意识到却假装不知道。

乍一看钱漾的微博朋友圈，似乎还一如既往。但上了年纪的脸蛋没法细究。当粉丝发现钱漾的美丽在褪色时，他们才想起，哦，原来她是一个作家，作家最重要的应该是她的作品。于是大家又都回过头捡起书。不看不要紧，这一看才感觉自己受骗了，这么多年都好像受骗了。钱漾每年都出一本书，配图装订越做越美，页面留白越来越多。可就像她的人一样，撕开一层一层漂亮的包装，撕到后来手都断了，还没等来惊喜。如此说来，那个雪球可能真是空心的。

照理说也不碍事。老粉丝凋零，新粉丝绽放，总有人甘愿买单的。可贪就贪在，钱漾既想留住老粉丝，又想招来新粉丝。她要再创一个辉煌，也因此，一种无力的挣扎从字里行间渗透出来。她好像不愿再花几页纸的篇幅只为重复一个简单的道理，也不愿堆砌华丽的辞藻只为无病呻吟，她似乎真的想写出点什么了。于是顶着此起彼伏的被骂声，钱漾急吼吼地告诉粉丝，她正在跟大牌制片人写电视剧，她正在全球旅行积累写作素材。但过了一段时间，电视剧播了也没见着她的署名。游记倒是出版了，不过和其他游记长一个样。

钱漾后来解释，电视剧这故事太狗血，她有好的想法却没人听，有什么意思啊，所以退出了。粉丝们纷纷在评论里安慰她。可我没戳破的内幕是，她的退出和剧本毫无关系，纯粹是团队里有一个编剧比她更漂亮更有才华，钱漾写什么都得听她的，这怎么忍得了。旅行也没用的。这么多年她眼里只有自己，怎么都不能舍弃自己。要知道每个人的生活都是一笔巨大的财富，可她不懂得观察，不能设身处地共情，对身边的一切都视而不见。所有文章的女主都得是她，所有女主的命运都得走向巅峰。

或许，钱漾到现在都没意识到，写作对她来说，仅仅是对她个人的一种装饰。她太过自恋，以至于看不清殷勤献媚、滑稽可笑的自我，以至于彻底丧失和世界的真实联系。她早年赚来的钱也不是靠写作，仅仅是靠美色。当美色褪去，她却找不到才华来顶替了。要努力也很难。毕竟一直走捷径的人习惯了偷懒。人各有命，我只是感慨。

那天，钱漾回老家找我聊天。我想是上海压抑的空气，逼着她不得不找一个宣泄口了。也可能是，她需要从我身上找回一些优越感。我到咖啡馆时，她已坐在角落翻看一本书。我有些惊讶，以为她不怎么看书的。

见我目光落在书封上，钱漾解释道："一本短篇小说集，随便看看。"我问："这书感觉卖得不太好？"钱漾撇撇嘴："不知道，反正我身边好多人在看，这个叫贾贾的作家是突然冒出来的，也搞不清男的女的。"我笑笑："不重要吧。"钱漾说:"也是。"过了一会儿,她冒泡一样感慨:"你说这人怎么能写得这么一针见血?真残忍。"我说:"可能她自己也过得很痛苦吧。"钱漾不再回话了,像是喝醉太久突然清醒,她对这个世界感到前所未有的震惊,以及某种才能上的嫉妒。我们不再谈写作了,有些事很敏感。

可闲聊了一会儿,又聊到更敏感的事上。当我问钱漾现在有没有结婚时,她忽然结冰了。不再是眉毛飞上天的炫耀,她的神情里,游荡着一种酿坏了的沧桑:"没有,男人都是靠不住的。"我在眼里扑哧一笑。原来一个新时代独立女性,从头到尾还是在判断另一个人是否能依靠。我问:"那你还准备结婚吗?"瞬间,好像无数根针扎在她脸上。细细碎碎的苦笑从洞眼里流出来,看起来很惊悚。钱漾欲言又止,只是端起了咖啡。她的处境似乎很艰难,我努力揣摩着。到了这把年纪,同龄人的孩子都上小学了,她却还活在二十出头的疯狂里,以为到哪儿都有一堆男人流着口水等她。事实上,当年那些争先恐后的备胎,结婚的结婚,养家的养家,就算搞外遇也是往年纪嫩的女孩堆里扎。

再回头看当年的女神,这群男人又道德高尚起来。那种到处乱搞的女人谁要啊?人老珠黄还敢这么高冷?有点脏得下不去嘴了?不知道钱漾一条条删微博评论时,有没有察觉到,这群泼脏水的人曾经跪在她裙边。男人就是这副德行。

一边欣赏黄片射出高潮,一边痛骂女演员真他妈淫荡。

　　钱漾快喝完第二杯咖啡时,她洞眼里的苦笑还没流完。她沉思着,忽然问:"为什么?为什么你会选择一个渣男结婚?"

　　"因为我爱他。"这个回答我已很熟练了。

　　"不,不是这样。"钱漾挤痛眉头,挤出一种罕见的直觉,"你明知道会很痛苦,却还冲着痛苦去。就好像,好像你选择这个人是有一个很明确的目的。"

　　我笑笑:"你想多了。"

　　"我觉得你很怪。"

　　"我只是不起眼。"

　　钱漾不相信。她对我说的、对她自己说的、对整个世界说的,都强烈地不相信。她有点找不到自己了。或许我该告诉她,我在一个男人身上发现的,远比她在无数男人身上发现的多。原地不动的人都能走遍万水千山,而她有那么多缤纷的性器官,每次高潮却一模一样,真是太可惜了。但最终,我什么都没说。到这把岁数,她似乎还没能力迎接生活的残忍。

　　从咖啡馆出来走在大街上,我习惯性研究路人。我老公不知道,培养皿里的细菌不止他一个,福尔马林里的怪物也不止他一具。我时常觉得,在那些面如止水的人心里,总有无数的戏码、情绪、幻梦在生生灭灭。演员是自己，观众也是自己。从头到尾，只有自己。

我再一次想起蓝色老式大钢窗。谁不想轻轻松松靠美色靠卖蠢站上舞台，谁不想不费吹灰之力地被粉丝惯坏。可大城市的偏见常说，你不配。这才懂，很多人热爱一件事，仅仅是因为他们从别人那得到了赞赏。有了赞赏才知道自己擅长，才有动力继续。但有些人从开始就一无所有，甚至会一直一无所有下去。如果真的热爱，他们会被迫成长到，只需要自己在做、甚至都不期待结果的地步，成长到只需要自己一个人的力量就足够了。

钱漾不懂写作。她永远都不懂一个人为了写作可以牺牲到什么程度——忍受被漂亮女孩利用的卑微，承担主动追求痛苦的代价，潜入生活而遭人唾弃，保持纯净而深陷孤独。那么多的自虐，那么多的酷刑，仅仅是为写出一点可怜的真相。

我的笔名叫贾贾。假假成真，我是一名作家。

一个女人的死亡之谜

1 喜日

"今天是个好日子。"林威起床时想。好的意思有很多种,以旧换新叫做好,修成正果叫做好,别人更糟才使自己更好叫做好。他本能地忽略最后一点。但不要紧,西装那么挺括,往事都被熨平了。一切都在等着他,卑躬屈膝的样子。他说不清是因为结婚,还是生活的掌控感又回来了。总之,今天是个好日子。

出了卧室,要去门外的信箱,谁知厨房传来剁肉声。林威猛地停住。他以为她今天会停一停,但是没有。四年了,每天早上都是如此。林威被剁得断胳膊断腿,他用一种近乎残废的声音说:"熙熙,你别这样了。"

"鸡汤怎么啦?又养胃,又暖心,这么好的鸡汤,你只有在这个家才能喝到。"林莞熙冲他一笑,割喉的鸡也冲他笑。

"今天是10月9号,是个好日子。"林莞熙又说。

林威点头:"查的农历,黄道吉日。"

莞熙把笋干溺到水里:"今天也是妈妈给我寄信的日子。"

"寄信?"林威问得有些意味深长。

每个月9号,2015年冬天开始。没有寄件人,也没有寄件地址,就这么塞进信箱。本来想让林威查一查,但林莞熙是个乖孩子。拍婚纱、订酒店、发请帖,哪个环节都不能出错。错了事小,爸爸的面子保不住可就事大了。林威本能想发火,但又咽回去。林莞熙应该知道,他以前是个凭本能做事的人。一个人凭本能做事,就意味着别人要服从他的本能,委屈自己的本能。现在倒好,四年前开始,林威成了那个委屈自己的人。可有什么用,都这样了她还不领情。

林莞熙继续摆弄熬汤刑具。林威怒了:"我给你买的礼服,去换上,我们得走了。"

她没有停下来的意思:"鸡汤还没炖好,你不喝,胃病又要犯了。"

他早该料到她说话不算话。可箭在弦上,露露来了电话。她问他今天还会不会来。他说当然。她又问,你女儿会来吗。他也说当然。她松了一口气,那你婚戒要记得带。他说会的,戴上它我们就正式在一起了。

说这句话时,想起去年生日露露送的礼物,包裹着她软糯里带点硬气的声音:"林威,今天是你的生日。之前你把手机弄丢了,聊天记录都找不到了。我们曾经有那么多深刻的交流，现在我把每一条对话都抄下来，做成手账。你说过，你最喜欢宇宙，最大的梦想是坐着太空飞船到银河里看一眼地球。所以我画了这些宇航员插图。除了你，我再也不会做这么蠢的事了。"

幼稚的人不会深刻交流，成熟的人不做无用之事。露露不是塞一颗糖会说甜的女孩，但给一个允诺她也能傻傻地等很久。林威没办法，他在世俗社会里这么成功的人，居然没办法。

挂完电话摸了摸口袋，婚戒没了。

2 忌日

林莞熙又把碗碰碎了。四年来，她没有一次顺利地炖完这锅鸡汤。妈妈教的食谱，妈妈一生浓缩的精华。她总是搞砸，她总让妈妈失望。蹲下去要捡，却被林威抢先一步。碎片堆在手里，那么透明，那么尖锐。林莞熙讨厌他这种小恩小惠的关心，好像犯罪前先要收买，好像一边暴政一边笼络，当别人傻还贪便宜。想到这，林莞熙不禁一脚踹翻垃圾桶，几个墨水盒咕噜咕噜滚出来。林威一惊，胃真的开始痛了。

"这些墨水盒你很熟悉吧？"

"你从外面捡回来的?"林威不多说,狡猾得怕被套出更多话。

林莞熙当然奇怪。什么垃圾需要大老板偷着出去倒?写什么会在四年内用完九个墨水盒?严严实实锁着书房的抽屉又是为什么?情书吧。是,用钱多俗,用情书才显得这交易不那么赤裸。四年前妈妈刚走,他就迫不及待地把露露弄到手。

林莞熙常有一种错觉,林威一边偷着写,一边又故意露出马脚让自己发现。知道女儿不会戳穿,但会在心里翻江倒海地盘算。用这种办法来折磨林莞熙,大概是露露想出来的。她怂恿他,他们背地里嘲笑她。有时又觉得露露是好心,写情书会刺激到她,所以让林威不要明目张胆。但这种可怜,比嘲笑更羞耻,他们俩的关系究竟亲密到什么程度?

看你微信更新可爱的表情包,口头禅从"嗯"变成"嗯嗯"。电视铺着韩剧,鞋柜长出跑鞋,衬衫开满花色,我的衣服也染上你女友的香水。很难不去想你比宠我还宠她,或者说因为没爱过我,你做什么都显得更爱她。不喜欢你在她洗澡的空隙给我打电话,假慈悲地施舍一点她吃剩的关心。想你给我的帮助,送我的礼物,都会变本加厉地复制给她,我就不要了。一个人在自己眼里坏了,做什么事都是坏的。林莞熙清楚这点,而且死不悔改。

林威火急火燎地找婚戒。手上动太多，显得嘴更闲了，还是得说点什么。正好碰到桌上的银行考试资料，翻开一看，竟比西装还新。"你就是这么给我复习的？还想不想进银行？"林威把资料摔到林莞熙面前。后门开好了，未来的路也铺好了，她大学毕业两年，总不能一直瘫在家里什么都不干吧。他为她做这么多，她还想怎样。

"我没准备进银行，我在写一本小说。"林莞熙边说边要去洗手，手伸到水龙头又缩回来。她舍不得洗掉这股腥味，这是妈妈的味道。"请问林总，现在有兴趣欣赏我写的小说吗？"

这一大早真是倒霉透了。他那么多话堵在胸口，成天不务正业，你男朋友陈宇轩也不管管？都是快结婚的人了还写什么小说，不知道越写心理越有问题吗？今天是大喜的日子，那么多生意场的朋友要来，我怎么能砸自己的场子？

"你要是不想去，你就别去了。"林威板脸说。

终于，她想他终于说出口了，从头到尾他就没指望她去参加婚礼。但还是得当一个好爸爸，得把戏做足了。买礼服，把场面搞大，让露露把亲朋好友都请来。林威有一种能力，他想让别人做什么事，最后总能变成别人主动要做这件事，和他一点关系都没有。吃了亏还不能诉苦，林威可真有本事。林莞熙不上当。他要她去，她不去，他不要她去，她还非去不可。于是进卧室，换了一条酒红色连衣裙出来。

林威很震惊："你要干吗？"

她笑着转圈："好看吗？"

"你本来就该去，但不是穿成这样！"

"如果非要穿成这样呢？"

"熙熙，你不能这么对爸爸。"

"不是我选择你当我爸爸的。"

林威这下看明白了。原来这么多年她装乖，装沉默，就是为了今天。她铁了心要毁他。

"婚戒也是你拿的吧？"林威质问。

林莞熙不否认，从口袋里拿出婚戒戴在手上："可以给你，但有个条件。"

"你说。"

"我的小说写了四年，总是卡在结尾上，你帮我完成它。"

"我不懂什么小说。"

"没有人比你更懂。"

林威沉默了。林莞熙拿出一本书稿，棺材一样摆到他面前。

"一个女人的死亡之谜？"林威忽然被钉住手脚。

"讲一个女人为什么死，怎么死的，是自杀还是他杀。"林莞熙在心里开香槟，每说一句就开一瓶。泡沫腐蚀到林威脸上,像一种残忍的庆祝。

林威把书摔到墙上:"林莞熙,你到底要说什么?"

"1969年出生,爸妈都是老师。1991年大学毕业,在药物研究所工作。1994年结婚,同年生下一女。之后辞职回家,相夫教子。2013年重返实验室,第二年再度辞职。2015年10月9日,在家中烧炭'自杀'。死者于第二天傍晚被发现,身着一条酒红色连衣裙躺在客厅地毯上,旁边的烧烤架有大量炭烧痕迹。据邻居描述,前一日晚上死者家中传来激烈的争吵声,死者丈夫摔门而出并痛骂'那你怎么还不去死'。警方勘查现场后判断为烧炭自杀。可前一秒还兴致勃勃熬鸡汤烤肉串的女人,怎么下一秒就想要自杀呢?请问,这个女人死亡的真相究竟是什么?"

莞熙饶有兴趣地背完。想到鸡汤在锅里,爸爸在小说里,妈妈在信箱里。想着想着便躺倒在地,好像四年前的今天,有种团圆的美妙感:"怎么样?你觉得我像妈妈吗?"

3 杀人

林威的手机铃又响了,露露已急不可耐。想到她比小学生涂色还认真的大红唇,想到包臀裙裹在身上比皮肤更像皮肤，想到她会像小妈妈一样照顾比她大的自己，想到她也是别人家的宝贝女儿。唯独不敢想林莞熙知道这些有多心痛。林威清楚她的坏习惯，伤口结了疤就不肯等它好。一定要撕下来又流血，结了疤再撕掉，永远都好不了，直到整个人都破成伤口。屏幕照得脸发光。他说露露你再等一等，处理好马上就来。是啊，都等了几年，也不差这几分钟了。

想不想女儿参加婚礼，林威自己也搞不清。怕她不去，又怕她去。她不去，显得这婚礼像过家家，外人眼里没得到认证似的。她去，大概会当场掀桌子，不体面得让人下不来台。她不去，等于断绝父女关系，老死不相往来。她去，打扮太漂亮抢了露露的风头，以后同床还能硬起来吗。不懂事让人烦心，太懂事让人内疚。现在懂事不代表以后懂事，现在的懂事恰恰是为以后的不懂事作准备的。

林莞熙又去看门口的信箱。林威重新拿起书稿，扉页上写着："四年来，我每天都在想那一晚发生了什么？我想得越多，我的疑问就越深。我知道得越多，我发现事情就远不像看上去那么简单。"

林威知道一个读书多的人是什么下场。当初填志愿，妻子丁妍给女儿报的是商学院。才一年，她成功转了系告知家里。丁妍暴跳如雷，说心理学能找什么好工作。实际上林威觉得，她是怕女儿看穿自己。错了，是亡妻。事情隔太久有点记不得。倒不是无情，就是不愿想，想了能有什么用。

小说这么写："2015 年 10 月 9 日，那天是周六，我的生日。爸爸买的烧烤架到了，他说妈妈喜欢在家吃烧烤的感觉。我心里咯噔一下，妈妈以前从没这么说过。"林威摇头。她说过的，当时林莞熙不在家。

"照例惯例，六点开饭。吃得差不多时，妈妈端出鸡汤。她知道爸爸有胃病，她心疼他。可爸爸不领情，汤还没喝就要走。他说他要出差，赶深夜的航班好参加第二天的早会。他真的是出差吗，还是掩人耳目？爸爸临走时和妈妈大吵一架。说来也好笑，就因为一碗鸡汤。一个要喝，一个死都不肯喝。其实就是一仰头一秒钟的事，哪怕含在嘴里出门吐掉也是好的。但爸爸不肯。他从没这样坚持过。妈妈气得摔碎好几个碗，她冲爸爸吼道，你就是想让我死。爸爸也吼道，那你怎么还不去死。七点，妈妈瘫在地上哭，爸爸还是离开了。"

白纸黑字，想要再现原貌是不可能的。真相是什么也不重要，重要的是留在人们记忆里的是什么。她想要什么历史，她就能创造什么历史。林威惊叹于林莞熙的精明，这一招可真狠。是遗传自己吗？他说不上是高兴还是不高兴。

"小说就写到这。告诉我，接下来该怎么写？"不知什么时候，林莞熙站在了他身后。

林威还是那套烂熟的剧本："第二天我出差回家，门还没开，就闻到浓浓的烧炭味。开了门才发现你妈倒在地上，我很慌，立刻报了警。没错，专家鉴定过了，就是烧炭自杀。"

林莞熙当然不罢休。一个女人，生活优渥，家庭美满，她为什么要自杀？你把这么粗糙的答案给读者，他们会满意吗？林威真是小看她的狼子野心。原来不只要写，还要出书，还要畅销。林莞熙又说："其实我早就写好结局，只是犹豫要不要公开。我想给你一次机会，但你让我很失望。"

"你到底在说什么？"

"烧炭没错。但妈妈不是自杀，是他杀。"林莞熙用一种盖章敲印的口气，继续背小说："当从不锻炼的他突然开始晨跑，当拒绝吃辣的他突然练习吃辣，当妈妈上一秒说的话他下一秒就忘记，当他带着手机上厕所的时间越来越长。我回溯过往，抽丝剥茧，如果这一切是他干的呢？如果是他为了和那个女人在一起，把他杀伪装成自杀呢？"

有种新闻播到一半才发现惨案就在自己家的感觉。林威怎么都没想到，辛辛苦苦把女儿养大，到头来他在她眼里就是个杀人犯。总算看懂了。他的求生方式是逃避，是忘记过去。林莞熙却妄图在回忆里找一条出路，她求生的代价，是毁灭他的重生。只有他毁灭，才能说明他有罪而她没罪。林威厌恶丁妍没错，可他怎么会为了另一个女人就把她给杀了呢？

林莞熙毫不惊讶，她有孩子的面容，恶魔的声音："夫妻反目，父子残杀，人心这么险恶，你在生意场你最懂的。"

4　鸡汤

珠宝盒灰了，林莞熙旧了，妈妈所有的东西都凭空死去了。整柜的衣服没人穿，躲进去也能听到空荡荡的风。化妆品一声不响地过期，口红涂在动脉上假装割腕，涂在脸颊上假装妈妈的吻。储物箱里长了虫，每一只碗，每一口锅，都眼巴巴地等着被喂饱。林莞熙有时把头埋进浴缸，有时用垃圾袋捂住脑袋，有时掐紧自己的脖子。死不成要哭，差点死又要哭。全身上下满是血痕，还是不懂妈妈最后一刻是什么感觉。也许太痛苦，也许太不痛苦。整整四年，她为弄清这些问题几乎发疯。

但一切还不明了时，林威近乎全身而退。对他来说，好像仅仅是寒冬里的一次感冒。退烧了，不咳了，人又活蹦乱跳地逃向新生活了。他怎么能。

思念是一门技术活。刚开始就是囫囵吞枣，但太杂太乱，林莞熙几乎要迷失了。于是每天只想关于妈妈的那么一点，把这一点想全了想透了，不能超出份额。就像喜欢的食物,吃多了也不觉得好吃。想到这,觉得林威也精明。和露露在一起好几年,妈妈走后,也不着急再婚。别人都说是为了女儿。林莞熙却一眼识破,他是为了新鲜感,为了鸡毛蒜皮消磨爱情的日子再晚一点来。顶着爱的名义,人可以埋藏多少私心,难怪一天到晚都要爱了。但随即又想他是负责的人,更难过了。宁愿他花心,他换女人如衣服。林莞熙也震惊,再婚的意义难道不是重复过去吗?这一点林威不是很清楚吗?

可悲的是,当时妈妈很清楚他在出轨。但她什么都不说,更不打算离婚,反而加倍殷勤地讨好他。鸡汤本来一个月才会熬一次,后来天天熬。她以为这样,他就会回心转意。"妈妈那些年熬汤等你到凌晨,说是谈生意的饭桌只喝酒不动筷。"林莞熙的鸡汤早已入锅,熬得空气都累了。"是啊,她把所有的爱都给你了。"

林威很错愕,这怎么会叫爱?她天天唠叨要花多少时间,才能熬出一锅好鸡汤。可我不想喝,还要硬着头皮喝,装出感恩戴德的样子。她有问过我想要什么吗?她愿意给我我喜欢的东西吗?她总是让我按照她的方式生活,把她的意愿强加在我头上,这哪是爱?这是绑架。

林莞熙漠然舀一碗鸡汤,林威的话走到她身边全都迷路了。人就是这样,相信什么便只看到什么,骗自己时也没察觉在骗。你说的和我说的都是眼见为实的真相,可为什么真相和真相也彼此矛盾?

这难道不是最大的真相吗?

林莞熙端着鸡汤走到林威面前:"喝了它。"

"我今天不想喝。"

"你今天必须喝。"

"我已经喝了四年你煲的汤了,每天都喝。"

"你才喝了四年,还有四十年要喝。"

"熙熙,你想逼死我。"

"喝汤养胃,我是为了你好。"

林威忍无可忍地接过碗。林莞熙忽然意识到,妈妈这辈子唯一的罪恶,就是她爱的能力。好比一场战争,越想挽救生命,越要以杀戮更多生命为代价。

入口的最后一刹,林威放弃了。他把碗砸到桌上:"我得走了!婚戒我不要了,你爱留多久留多久!"说着便穿上西装。他不明白,男人要求女人献身,献出自己的一切。可为什么反过头,女人的忠贞又成为束缚,让男人成为受害者?

林莞熙眼疾手快地拿起书稿,继续读小说:"果然是他杀了妈妈!他先是怂恿妈妈买烧烤架,又偷偷在水杯里放安眠药。夜深人静时潜入回家,把烧烤架里的木炭点燃,而熟睡中的妈妈对此一无所知。"一只脚已跨出门的林威冻住了,比雕塑还雕塑。林莞熙嘴角渗出笑意:"没错。这就是爸爸怎么都不肯喝汤的原因。"

林威第一次体会到什么是心碎。不是形容词,是动词,一个实实在在的动词,是真的有剧痛在胸口蔓延开。他回过头:"四年来,我们有那么多机会讨论这件事,但你从来不提,我也怕你受刺激。可你偏偏今天跟我说,你花了四年写小说来弄清你妈的死因,最后得出的结论就是我杀了她!"林威到现在还是难以置信,"你以为你在找真相?不,你根本就是认定了我是凶手,然后再去找证据。从你落笔的那一刻,你已经认定我为杀人犯!"

林莞熙摇头:"你错了。写小说不是我想谁杀人就谁杀人。一旦设置好人物,他会自己走下去。他的性格会让他做出唯一的选择,这不是我说了算。如果他要杀人,我就是有一千种办法也不能挽回。"

林威夺过书稿,愤怒不已地撕起来:"我不懂!我不管小说怎么写!我只知道你现在就想把所有罪都推到我头上。你找不出证据,所以就出书让舆论杀死我。"他突然悲痛,声音都扭曲了,"二十多年,我赚钱养你,给你找工作,找男朋友,你连一句谢谢都没有,你还……林莞熙,我有时真怀疑你是不是我女儿,你太让我伤心了!"林威不害怕被人诬陷,可被一个最爱的人诬陷……最爱的人。

架吵到这,林莞熙的嘴也不是嘴了。她说:"我告诉你,书早就写好印出来了!现在就放在你办婚礼的酒店里。你信不信,我一个电话,马上所有人都会拿到这本书。很快大家就知道你为了跟那个女人在一起,害死了妈妈!"

她咬到牙都碎了,林威的手机铃还是响。刚要接通,就被林莞熙一把夺走。她恨不得冲进屏幕:"林威刚说要取消婚礼!他有新欢不要你了!你这个不要脸的女人快滚蛋吧!"

"林莞熙!!!"夺回手机时已来不及。电话不知是被女儿还是女友挂断的。

啪地一声,林威甩了林莞熙一巴掌。

甩完才想起这辈子从没打过女儿。

但太晚了。林莞熙捂着脸无声地流泪,像一个还没卖出去就已经满身瑕疵的玩具。她摘下戒指,丢给了林威。

手机铃再次响起。林威在女儿和女友之间彻底崩溃。

5 煮蛋

到底哪天结婚,林威为此后悔过。但道理想到头了,也谈不上后悔。如果丁妍刚死他就结婚,还能把伤人的事一下干完,再细水长流地对林莞熙好,这样她的怨恨会少很多。

但他拖了四年,关系没有改善反而恶化,这时候再结婚就晚了。女儿压根不感激,只会觉得,你心怀的鬼胎终于暴露了。

伤人的事要一次性做,爱人的事要一点点给。世界就是这样。看起来是好事,做起来却自取灭亡。看起来是坏事,却能走向好的结局。现在好了,他做了好事,却得到恶果。可转念又想,只有残忍的人,才能常常做对事。一个心里有爱的人,怎么做都会是错的。林威叹息自己不够残忍,可到了女儿眼里,这偏偏成了更残忍。这道理要怎么说,没法说,他没法不爱她。

再次打通露露电话时,她已经什么都明白了。她那么聪明,那么懂事。她知道林莞熙不会来,就像她和林威根本不会在一起。林威说不是的,不管多难,他都会来到她身边。露露咬破嘴唇,说只有分手才是最好的结局。林威的声音比自己的人还高:"不可能,我是不会跟你分手的。"

但有什么用。他不能现在就冲出去找她。电话再次挂断,林威突然不能自已地一拳头打上墙。打一拳不行,又打一拳,再打一拳。血噗噗地流出来,好像整堵白墙看到他的样子也哭了。这个家最大的悲哀是,每个人都很委屈,并且认为别人都该为自己的委屈负责。

回过头,才发现林莞熙拿着医药箱看他。

林威坐下来。林莞熙蹲在地上,拿出药水。她下意识凑近,可马上想到,这么殷勤的姿态会让人感觉整件事都是她的错。于是又离远了。手上在和解,脸上在抗拒。林威看懂她的心思。糟糕的关系就是这样,手里做的和心里想的,完全不是一回事。

包扎时想起七岁那年,这双手给她做溏心蛋的画面。那是林莞熙第一次吃到溏心蛋。妈妈从来不肯做,她觉得没煮熟的鸡蛋有细菌。背着她,林莞熙花了足足半小时才把一颗蛋吃完。没有一点碎屑掉在地上,她把手指都舔干净了,还是觉得吃一口漏一口。漏的是什么,她到现在也没想明白。剩下两颗再怎么也舍不得吃了。想放冰箱,又怕妈妈发现。只好藏进被窝,孵小鸡一样想着一生二,二生三,三生万物。但是爱不一样,没了就是没了。后来馊味飘满屋子,妈妈打了她,还把两颗蛋摔死在垃圾桶。那也是林威最后一次做溏心蛋。隔了这么久,她是真的忘了味道。

工作是最好的借口。工作可以挣钱,工作可以赢得尊严,工作可以屏蔽家人的爱而跳入花花世界的爱。你那么忙,把妈妈和我冷落在一边。她对你的爱也转移到我头上,我一个人要承受两倍的母爱?哦是的,听起来数量一样,可多的那份没法抵消少的那份,多比不多甚至更糟糕。

"要不是你出轨,这一切都不会发生!"林莞熙收起好说话的脸,直视林威。

林威几乎想不起溏心蛋的故事。他工作上事无巨细,生活里两眼一抹黑。能成大事的人都是这样,集很多价值观于一身,这些价值观相互矛盾,哪一套在当下环境有利,就拿出哪一套。林威正当中年,光景大好。女人坠落的地方,正是男人升天的地方。他不能容忍一个许诺过她幸福的女人,反过头毁掉自己的幸福。许诺是真的,可前提是他先幸福她才能幸福。他视一切理所当然,从小到大没人提醒他这有什么错。

林威不想说的,但林莞熙把他逼到了这个份上。"熙熙,事实真不是你小说写的那样!你妈妈自杀跟我没关系。唉我都说不出口……你妈妈自杀,都是因为那个博士!"

6 出轨

妈妈的信还是没来,林莞熙一点点褪色。她时常抱着腿坐在信箱下,每封信的开头都是"宝贝我爱你"。

你说你走了但不是真的走,每个月九号都会托朋友寄信。你说已经写到我一百岁,会一直陪我走下去。你说我一个人活等于两个人活,所以不能亏待自己。你说我们心连心,我快乐你也快乐,我痛苦你也痛苦,我折磨自己是想让你也被折磨吗？妈，你在走之前真的写了快一千封信吗？那要花掉你多少时间？到底是什么让你难以忍受，以至于你在这么长的时间里都没有一刻放弃过离开的决定？

林莞熙知道那个药学博士，他也被写进小说了："2013年暑假我考上大学。入学前几天，爸爸带一个药学博士回家吃饭。爸爸做的是医疗器械生意，和博士很聊得来。博士说现在年轻人不肯好好做实验，研究所缺人。妈妈说熙熙要上大学了，我在家闲着也是闲着，要不去帮帮忙？我从没见妈妈笑得这么开心过。"林莞熙放下书稿。

"能不开心吗？"林威难得阴阳怪气。

"二十多年她一直都为这个家活。那一刻，她终于可以为自己活一次，怎么了？"林莞熙搞不懂林威在愤怒什么。

"你以为她去实验室是为了什么？"

"工作啊。"

"她是偷情去了！"

"你说什么？"

"一开始我还奇怪她怎么铁了心要去，后来才知道那个博士就是你妈妈的初恋情人！"林威好像长这么大第一次被侮辱："如果不是心里有鬼，他们两个明明认识为什么从头到尾都不承认呢？"

林莞熙常想家庭的本质是权力，人和人所有的关系都能归结为权力。如果在乎的人不承认自己的权力，那总要在别的什么地方补偿。对女儿来说，妈妈只是妈妈。可对爸爸来说，她难道不是一个带有性意味的女人吗？忽然明白，平日说一就是一的妈妈，有时也解开衬衫最上面两颗扣子，拽着长裙好露出更多小腿，遇到陌生男人声音会变调。

当坐在这牢笼一样的家里，整日整夜地坐着，除了做不完的家务、管不好的女儿、拿不住的丈夫，她还能想一想，或许有别的男人在渴望她。是谁不重要，喜不喜欢也不重要，重要的是他们因为想她而饥渴难耐，因为得不到她而几近抓狂。她总算是有点权力的人了。这一点权力，能把高高在上的林威变得一无是处。

只是这种自恋的代价，要在意志清醒时成百上千倍地偿还。她一个也在诱惑别人的人，又怎么有资格指责出轨的丈夫？羞耻感无处发泄，靶子只好是女儿。林莞熙看来，妈妈有过背叛的念头，但绝不会真那么做，甚至是一种挽回爸爸的手段。就好像你以为这个东西没用了，却发现到别人那成了无价之宝，你忽然回过头，强烈地想重新拥有。

做女人真累。不是一往直前的累，是进一步又退一步的累，是同时是贞女也是荡妇的累。当你要的时候你应该说不要，当他嫌弃你的时候你应该更嫌弃他，既要吃醋又要宽容，既要顺从又要抵抗。林莞熙摇头："不，这不是再续前缘。这是报复。你先出轨让妈妈伤心,她为了逃避痛苦才去工作。可过那么久你还不回头,她只好假装爱上博士,利用他来挽回你。否则你怎么解释,一年后妈妈就辞职回家?"她言之凿凿地总结,"她觉得冷落你这么久,你该收心了!"

"太荒谬了!"林威第一次发现,原来不止他可以把黑白颠倒给别人看,别人也可以这么对他。"你妈妈和他旧情复燃,谁想到博士就是图个乐,根本没把她当回事,还不到一年就把她踹了。"

林莞熙觉得这个人很滑稽,他用双重标准用得如此顺滑。在他眼里,男人出轨是一种骄傲,女人出轨是一种耻辱。男人出轨只想哄好老婆,女人出轨只想踹掉老公。他能拍着胸脯不脸红地保证:"我玩一玩就回家了,你妈不一样。她陷进去了。"林莞熙想笑。她不否认林威后来很顾家,但出于爱?怎么可能。是嫉妒,是他作为男人的自尊。他可以有两个女人,但他的女人绝对不能有两个男人。可以不爱丁妍,但他丢在角落不用的东西,别人碰一下都不行。对他来说,尊严是比爱更重要的东西。

"妈妈爱的始终是你。"林莞熙还是不信。

林威的眉头皱到一起:"她去实验室半年,回来跟我说想离婚。你妈认真了,她真以为和那个博士有结果。我说可以啊,你找到下家,我就同意离婚。"

"你骗人!"不知怎么,林莞熙第一直觉永远是爸爸给妈妈泼脏水。

"这种事有什么好骗的?说出来我还丢人。"林威一点点颓下去,"有天你妈从实验室回来,一句话不说把自己关房间里,几天不吃不喝。后来说辞职了,她就是从那天开始吃安眠药的。林莞熙你懂吗?那博士把她玩了,她精神受不了抑郁了,这才是她自杀的真正原因!"

7 玩偶

林威想不通,陈宇轩这么优秀的男孩,林莞熙怎么就不懂珍惜。留美硕士,外企高管,爸妈都是公务员。要不是他物色这么久,宇轩早就被相亲市场那群急红眼的女孩们给抢了。他想,不管了,只要熙熙嫁过去,迟早有天会走上正路。但他不知道,林莞熙接受陈宇轩不是因为优秀,而是她根本无所谓。她无所谓是否结婚,无所谓和谁结婚。过早看清生活真相的人,总是有执念,和谁结婚都是爸妈那样的下场。与其毁掉一段至死不渝的感情,不如从最开始就不那么爱,这样毁掉也不觉可惜。

大多数人是反过来的。非要很爱,才能在一起。林莞熙很惊讶,难道不是和不爱的人在一起才会有安全感吗?被抛弃了不伤心,随时离开也不伤心,冷漠到头,她只属于她自己。后来才懂,别人恋爱都冲着永远去的,她是刚开始谈就在想象分手。有多爱一个人,就有多恨一个人。爱束缚住她,控制着她,爱让她感到不自由。

没觉得陈宇轩不好,但也只是普普通通的好。有几次聊天,当林莞熙说出一些陈宇轩想表达却没能表达出来的想法,他很惊愕,再也绅士不起来了,逮住机会就让她下不来台。一开始林莞熙还羞愧。不知为什么,女人比男人聪明好像是一种罪恶。她可以有想法,但必须由他来修正和引导。

陈宇轩更不能理解她为什么写小说,为什么想当一名心理援助热线的接线员。她说,如果有人想自杀,可能会打这个电话,接线员就陪他聊天,聊完天也许他就不想自杀了。是,这工作听起来在帮人。可陈宇轩反问,你不知道帮到后来你也会想自杀吗,你不能把这种病带回家。顿了顿又说,我可以赚钱养你,你在家带孩子就好。

林莞熙终于明白为什么他是林威看中的人。因为他们一模一样,都以为自己是大人物,他们对另一半的爱都建立在羞辱之上,还感觉自己做了很了不起的事。就好像妈妈是爸爸的一个器官,爸爸可以没有这个器官,但妈妈不能没有这个人。

"过去的就让它过去吧，生活还要往前。"林威把婚戒擦亮，放回盒子里，"你去把衣服换了，跟我参加婚礼。哦对了，酒店里那些小说也拿回来。"林莞熙不明白林威怎么能这么风轻云淡。就算妈妈真的出轨，那也是他出轨在前，和露露藕断丝连这么多年。妈妈刚死，他又迫不及待地给她写情书。现在还要林莞熙满心欢喜地参加婚礼，就在妈妈忌日这天？

林威不让步。他整个人都是真理："选择这天我有我的道理。你就不想知道我为什么跟露露在一起吗？"

"年轻漂亮。"林莞熙白了一眼。

"那是因为我跟你妈说不到一块去！"林威从一个迫害者突然成了受害者："我生意上有公关危机了她能帮我吗？我在饭桌上别人给我脸色看她懂吗？想聊点精神层面更深刻的东西，你妈能聊得来吗？你以为露露很肤浅？我告诉你，她几乎是我的左膀右臂！"

林莞熙气得说不出话："妈妈到今天这个地步，难道不是你造成的吗？"说着便拿起书稿往前翻，"你们刚结婚那会儿，妈妈在实验室工作。她后来怎么辞职了？"

林威觉得这问题很幼稚："她要照顾你啊。"

"辞职的人为什么不是你？"

"男人养家天经地义,这还用问吗?"

"可据我了解,当时妈妈赚得比你多?"

林威愣住了,但很快又弹簧一样地高起来:"我一个男人怎么照顾你?再说了,男主外女主内,要辞职也只能是她!"他真的不明白,"一个女人被丈夫养着什么都不用做,这种日子,别人羡慕都羡慕不来。她能嫁给我,那是她的福气!"

听到这林莞熙愤愤地骂了一句:"你有病。"

"她最初对家务活一窍不通,就连煲汤也是我手把手教的。"

"所以是你把她从一个实验室的女强人改造成了家庭主妇?"

"她算什么女强人。"林威不耐烦起来,"那些书放在酒店哪里?你要打电话给谁?把号码给我,我来打!"

"你知道妈妈为了重返职场在书房里看书复习熬了多少个通宵吗?你知道她一边做饭一边背资料能把化学元素周期表当成歌来唱吗?你知道她常常躲在房间里捧着大学毕业照一动不动能看好几个小时吗?不,你不知道。"

林威觉得女人真是情绪动物,不讲理起来让人头疼。怎么不讲讲那次事故?丁妍重回职场笨手笨脚,头几天差点把整个实验室点着了。他还赔了一大笔钱帮她善后。事实证明,她这种女人根本就干不好。林威无意间闪现的一丝轻蔑的笑，彻底戳破了林莞熙。想起以前爸爸也会夸妈妈，但仅仅是在他不屑的地方。饭做得好吃但吃完就没了，地扫得干净但明天又脏了，完成家务只是为了破坏后再次完成。他以为这么夸，妈妈会感激他，可那其实比骂人更伤人。

吃年夜饭，妈妈不小心打翻一盘饺子，林威当着所有亲戚的面说，你怎么连这么简单的事都做不好。他从未想过妈妈做这桌菜忙了一整天，累到手都抬不起来。有时她一个人在家待久了也想交朋友，所以晚饭后去跳广场舞。有天林威应酬到清晨回家，一开门看到妈妈的舞蹈鞋，张嘴便说，穿成这样是去和哪个男人打情骂俏，从此妈妈再也没跳过舞。买房子挑地段的时候，妈妈也想说几句，还没开口就被林威堵回去，他说她听来的那些小道消息全是假的，男人说话女人不要插嘴。

"是啊，你说露露是你的左膀右臂。可我问你，你给过妈妈机会去帮你吗？你真的能腾出时间和她聊天吗？你是把她当成一个人，还是一个召之即来挥之即去的东西？无论妈妈有多优秀，你都会把她贬低得一无是处。因为这让你安全，让你在她面前永远高大。久而久之，她行也觉得自己不行了。你不觉得你贬低妈妈，其实是在贬低那个软弱无能的自己吗？"林莞熙说着，死死盯紧林威。

8 男权

　　林威看陈宇轩，是看年轻时的自己。因为太年轻也没什么实力，要一步步爬几十年，才能到他今天的位置。所以不嫉妒，置身事外倒有长者的风范。这和丁妍看年轻女人不一样。她似乎见不得掐出水的脸蛋，一马平川的小腹，即使对女儿，也暗暗谴责她偷走了自己的青春。开头是女人占便宜，可时间通常站在男人那一边。林威不觉得这有什么不公，先苦后甜是理所应当的事。他自以为给了丁妍她想要的全部，但她不能给他想要的全部。他觉得她欠他，所以出轨只是补偿，还这一份债，她有什么资格抱怨？

　　世上没有纯粹的关系。林威厌恶纯粹，他希望每个人都坏到骨子里。对露露说我爱你，其实也是对生活说我恨你。他把对事业的仇恨、对家庭的恐惧、对命运的反抗，一次性射进这单薄渺小的三个字。几乎要撑破了。露露不傻，但她相信他说我爱你时，也真的爱过她。

　　林威是打心眼地相信，如果丁妍真像林莞熙说的那么优秀，她就是当家庭主妇也能干出一番事业。但她没有，她就这么让生活推着走。换成是林威，他怎么都能打破那种局面，闯出一番天地。林莞熙又反驳了:"你始终活在一个鼓励你进步的环境里,可妈妈呢?每个人都告诉她,女孩子太强是嫁不出去的。即使她很强,但她也要让自己看起来不那么强。我妈多不容易!"

"你以为你妈不容易,我就容易吗?"林威几乎是捶胸顿足:"我刚下海的时候,半年没卖出一块钱,员工成天追着我要工资。我怕高利贷找到咱家,晚上都不敢回家,就睡火车站候车室,你妈还以为我在外面花天酒地。我陪你妈参加婚礼,一百块随礼都拿不出来,觍着脸去跟我哥借。这也就罢了,回家还得听你妈唠叨谁谁老公又提干啦,谁谁男人多舍得花钱,我打掉牙往肚里咽还要给你妈赔笑脸。我是个男人,这些话能说吗?"

其实是能说的。但还有些话林威是真不能说。饭局完常带客户去娱乐场所,定买卖的这一锤子,得在泛滥的酒精、上头的荷尔蒙、勾肩搭背的共谋中完成。客户要像买一块猪肉那样比较女人,林威也得跟着比较。客户要彰显男子气概对陪酒女甩耳光,林威也得跟着甩。他不懂世界是怎么了。但他清楚,只要这些小动作没跟上,真正的大局就没大佬会带他玩。久而久之,他也觉得女人真的只是一种奖励。在男人圈拥有话语权后,可以随便用的一种奖励。

林莞熙闭嘴了。讲来讲去,她是这个家最坐享其成,最没资格说话的一个人。可难道因为这样,那些年妈妈夏天穿长袖的秘密就不能说了吗?四十多度的大太阳,汗直往下流,她还是要穿长袖。

林威很困惑:"我又没打过她。"

"你没打过。但你对她冷暴力!她受不了却又离不开你,所以她自残,她手臂上全是刀划伤的痕迹!"话音刚落,林威手臂感到一阵生疼。

林莞熙走到大门口,用身体抵住。"你今天不能走,你必须留在这个屋子里,你还有四十年的鸡汤要喝。"说到浑身发抖还是停不下来,"没错,妈妈就是被你的观念活生生害死的!反正我绝不会跟陈宇轩那种人结婚。"

林威扭过头:"你说什么?"

林莞熙控诉般继续:"因为他跟你想法一样,他认为我活着的意义就是做家庭主妇。所以我找了一个支持我写小说的人!"

"什么?你找了什么人?"

空气沉默下来。

"你到底找了什么人?"

林莞熙背过身要出门,林威一把抓住她。"你去干吗?"

"看信。"

"信在我这儿。"

"不可能。"

"你刚才换衣服时,信就到了。"

"干吗不给我?"

"被你气的,我都忘了。"

林莞熙转了过来:"还给我。"

林威把信又放回口袋:"告诉我那个人是谁,我就把信给你。"

林莞熙像一根烧得很旺的烟突然灭了。过了很久,她才缓缓回忆。那天拍婚纱照,她和陈宇轩在照相馆大吵一架,一气之下她便走了。不知怎么,来到了医院。四年了,她拉黑他所有的联系方式,不去任何可能撞见他的场所。但命运就是这么爱开玩笑,给她咨询的人居然还是他。

"你说的是,高三给你做心理咨询的秦医生?"林威一屁股瘫坐在沙发上,"你居然喜欢上这种人?你知道他说话一套一套,专攻青春期心理问题吗?你知道专家通常是披着羊皮的骗子吗?你知道他年纪跟我差不多大,儿子都和你是同龄人吗?林莞熙你还要不要脸,你怎么能喜欢这种离异的老男人?你根本不知道他们酒桌上聚到一起,都是怎么谈论你们这些女孩子的,话要多难听就有多难听,你以为他真的是爱你啊?得了吧,你想想他当着别人的面会怎么吹嘘!"

"我不在乎。"林莞熙冷冷看着林威。

"我在乎。"

"你现在在乎了？早干吗去了？"

"你妈知道吗？"

往事一点点爬上林威心头，每爬一下都抠出一个洞："你刚说四年前。我想起来了，四年前你生日那天下午，我刚回家就听到你和你妈在吵架。她一个劲要你跟男朋友分手，她说的就是那个秦医生吧？我问她，她还不肯说，难怪她像吃了枪药似的跟我吵一晚上。没错，那天我跟你妈吵完架就走了，你是最后一个离开的。我问你，后面发生了什么事？你说你走了，你妈就这么让你走了？"

林莞熙撇过头。

"你跟他分手。"林威命令道。

"不可能。"

林威气得喘不过气："林莞熙你有想过吗，你妈为什么选择你生日那天自杀？二十五年前她生你的时候难产大出血，差点连命都没了。她是死过一次的人，所以把你看得特别重。你跟那个姓秦的在一起，你不光毁了你自己，你还把她给毁了！"

林莞熙难以置信的样子："所以你认为这都是我的错？跟你一点关系没有？"

"跟我有什么关系？"

"跟你没关系？天哪！那为什么从小到大，你不能多给我一点我应该得到的父爱？为什么我们从来不能像正常父女那样相处？为什么七岁那年以后，你再也没给我做过溏心蛋。就在刚才，我问你，你什么时候关心过我，你居然一句话都说不出来。你知道吗，每次我看到别人家的孩子跟爸爸出去玩，我都会满世界地问，你在哪里，你到底在哪里。"

林莞熙真的忍不住了，她真的要碎了："你知道我为什么要找秦医生？就是因为太恨你了，爸，我才会爱上像你一样的人啊！"

林威坐在那儿。久久地、深深地、几乎窒息地坐在那儿。

猛然间，手机铃再次响起来。

林莞熙抬起手指着门说："现在你就可以从这个家走出去。妈妈已经不在了，摆脱我，你就自由了。"

林威一动不动。

林莞熙走过去，想从林威的西装里翻找妈妈的信。林威下意识阻止，但来不及了。林莞熙夺过信封拆开一看："你骗我？这是你的结婚誓词。"

林威摇头："你拿错了，在另外一个口袋。"说完便拿起西装，抽出那封信。他递了过去。

林莞熙没有接。她看着结婚誓词，好像跌入一口井再也爬不出来。她打开抽屉,把妈妈写过的四十八封信全都捧起来,一封一封,一封又一封地对照。有种走到片场却拿错剧本的惊愕:"为什么,为什么你的字迹和妈妈的字迹一模一样?"

林威来来回回踱步,他知道秘密迟早会被戳穿。但要是能再晚一点,等林莞熙再大一点。"我实在没办法了。她去世后,你整个人就像废了一样。什么事不干,成天活在回忆里。我不能让你这样下去,你必须振作起来。"

"所以你就模仿妈妈的字迹,用她的口吻给我写信?"

林威苦苦地回:"我没想到写得太多,我自己的字都变成她的字。"

"所以,妈妈走后,什么都没留给我?"

"熙熙……"

林莞熙忽然发了疯一样地开始撕信。泪珠啪嗒啪嗒地掉在纸上,她感觉自己从空中坠落,坠到一半才发现没带降落伞。七岁那年吃溏心蛋的回忆再次顶破她,小小的林莞熙趴在桌上:"爸爸,溏心蛋还要多久才能做好啊?"妈妈的声音好刺耳:"我说家里怎么这么臭,你居然把鸡蛋藏在被子里!"林莞熙拨浪鼓似的晃脑袋:"我不要把它们丢掉!"妈妈击穿她:"林莞熙你松手!你松不松!"她又哭了。

七岁那年开始,她为什么总是哭。

9　弑母

没人会主动寻找痛苦。只有从小被丢在痛苦里,习惯痛苦的人,才会不能自控地强迫性重复。越痛苦就越熟悉,越熟悉就越安全。她本可以忘记,假装瞎子,随波逐流地活着。但林莞熙做不到。如果不能捋顺前面的人生,她没法过后面的人生。她不知道她是谁,她应该是谁。她是支持女权,还是可以被男性凌辱。遇到喜欢的人,爱他是对他好,还是对他不好。她的态度常常模棱两可,这让别人困惑。他们不知道怎样对她。

如果想不通世界上最爱自己的两个好人,为什么自相残杀,为什么把最丑陋的真相撕开来给她看,为什么教她去恨一个她本该爱的人,她真的不懂要用什么价值观活下去。所以得写小说。小说要她一遍遍挖掘记忆,要她无止境地探索真相,要她写出最微妙的差别而成百上千次地重复痛苦。写小说是对精神的巨大摧残。但她不得不写。

有时不希望爸爸再婚。因为有了后妈,就等于爸爸也成了后爸。有时又想爸爸再婚,这样就能永远把错怪在他头上。当你恨别人时就不会恨自己,写小说也有类似的意思。但事实上，人控制什么，就会被什么反噬。现在好了。林莞熙被小说改变了，被故事应该通往的方向改变了。这些改变告诉她，妈妈的死是她一手造成的。

"四年前那天生日，你走之后我也要走。我是真去参加同学办的派对。妈妈死活不肯，说是给我安排了相亲，今晚必须在家。她知道我和秦医生在交往，我就故意气她，我说我现在就要去跟他结婚。她说如果我这么做，她这辈子都被我给毁了。我现在明白了，女儿的人生就等于妈妈的人生，妈妈自己是没有人生的。爸爸的任务是挣钱，妈妈的任务是育儿。你做到了但她没做到，她很羞愧。她并不是发自内心地想当一个好妻子好母亲，但大家对她的期待是这样，她就要满足这种期待。她并不爱我，但必须表现出很爱，这样所有人都会夸她，她活着才有意义。"

"你不能这样说你妈妈！"林威震惊于林莞熙的无情。

"不觉得吗，一个只为别人活的人也让别人感到累。她根本不在乎我开不开心，只在乎有没有按照她的方式生活。出去买衣服，她让我自己挑，挑完后又一件件否定，再把她看中的塞过去。我喜欢睡床右边，就把台灯放在右边床头柜，但她每次都会把台灯放回左边床头柜。因为在这个家，每个东西都有它正确的位置，而这个位置绝不能被破坏。我再也没见过比她更矛盾的人。上大学前让我拼命学习，上了大学反而叫我别那么用功，因为干得好不如嫁得好，那他妈从一开始就别学好了！"

林威皱着眉头："她不是那个意思。你得承认，男女不可能完全平等。"

"哦当然了，我这辈子最大的遗憾就是你们把我生错了性别。当一个好女人简直难上天。不漂亮嫁不出去，太漂亮活该被骚扰；不矜持男人看不起，太矜持勾不起欲望；不聪明不能持家旺夫，太聪明容易家破人亡。总之有一个标准，必须做什么事都达到那个标准。"林莞熙说到自己都走丢了，"你知道最悲哀的是什么吗？妈妈做到了。她就是大家心中最完美的女人，可这样的女人，居然用自杀来结束自己的一生！"

林莞熙很悲伤："爸，也许妈妈从来没爱过你，也许她爱的始终是另一个男人，也许她一直想离开去重建事业。但最终，她还是回到这里死守住这个家。可她越努力就越是失败，越是爱我们就越想挣脱。她在这个糟糕的命运里越陷越深，像是一种轮回，一种诅咒。更可怕的是，她憎恨自己的人生，还要把这种人生强加给我。"

林威试图安抚她："这一切都会过去的。"

"怎么会过去？"林莞熙整个人都要撕裂了，"那晚妈妈说，林莞熙我这辈子就是被你给毁了。然后我就笑了，真的，一下子就笑了。我说，妈妈你没发现吗，你自以为的爱已经把爸爸逼走了,你现在又成功地逼走了我。你这辈子不是被我给毁了,是被你自己给毁了!"

林莞熙笑得哭出来:"她活着的时候不能控制我,所以就用死来惩罚我。她选择在我生日这天自杀,就是要让我这辈子都没办法摆脱她。"说着说着双眼都失禁,"是我杀了妈妈。这才是真相。"

"不是你。"林威打断她。世界真是很奇妙,阴阳两极不过一步之遥,真理谬误竟能互为一体。打断的目的恰恰是缝合,爱的手段往往是不爱。

"是我,是我害死了她。"林威脸上渗出汗,"我撒谎了。那晚我没出差,十点我在宾馆开了房,要和露露约会。后来发现忘带药了。我高血压,不吃药怎么能行?没办法,我只好回家拿药。可等我一进家门,就闻到刺鼻的烧炭味。我想冲过去,但又想你妈妈脑子不正常已经很长时间。不吃饭,整晚睡不着觉,头发掉到一定要戴帽子才出门。她跟我说,走在路上总觉得有车开过来要撞死她,站在落地窗边,也没发觉自己快掉下去。她可能真的活腻了,我不知道让她去死是不是在帮她。你听懂了吗?你明白我的意思了吗?不是你,是我。是我害死了她。"

"你撒谎。"

"我没有。"

林莞熙像一个瞎子看着,像一个聋子听着:"那晚你们住在希尔顿酒店。"

"你怎么知道?"

"我没去派对,我跟踪了你们,在你房间的对面也开了一间房。一整晚,你都没出门。"

"你记错了。"

"我能背出房间号。"

"你睡着了。"

"我一直醒着。"

林威像一个被扒光了就不能再撒谎的病人。他看着林莞熙的眼泪还在失禁般流淌,他想她从此再也不能自理。

"你说的没错,妈妈把所有希望都寄托在我身上,我才是压死她的最后一根稻草。如果再给我一次机会,我一定不会对她说那样的话。可是爸,我们再也回不去了。"

妈妈的面容再次浮现,阳光般铺在林莞熙身上,温暖极了:"熙熙,我看着你把这碗汤喝完。"又说:"鸡汤怎么啦?又养胃,又暖心,这么好的鸡汤,你只有在这个家才能喝到。"

林莞熙忽然抬起头,完全变了一个人。她说:"我要去炖鸡汤了。是的,炖鸡汤。"她推开林威,满脸笑容地走到厨房。"炖鸡汤的首要秘诀是鸡。一定要刚从菜场拿来的活鸡，冰冻三小时。淘米水泡十五分钟，去腥。用砂锅而不是铁锅，否则汤里会有铁锈味。火候很重要，大火烧沸，小火慢煨。最重要的是，人要一直站在旁边，全心全意地等待。"

林威不知道她怎么了，焦急地问："熙熙你没事吧？"

林莞熙娇嗔地怪："你耐心一点，鸡汤要炖很久的。哦对了，你今天给我买的红裙子真好看。这个结婚纪念日的礼物我很喜欢。"

"熙熙你别这样……"林威崩溃地几乎坐下来。

林莞熙一瞥立马阻止他："那个椅子不能放这儿！要放那儿！快去重放。对了，你怎么还不把烧烤架拿出来？熙熙最喜欢吃烧烤了！"

林威不知道此时此刻，丁妍的声音正在林莞熙的身体里来回撞击。她早已千疮百孔。

"你可以穿得正常点吗？周围哪个女孩像你这样！"

"女人不结婚不生孩子，就不叫女人了。"

"要不是因为你，我们早就离婚了。"

"辛辛苦苦把你拉扯大，你就这样对我？"

"林莞熙，我这辈子就是被你给毁了！"

林威猛地站起身来。他这才发现，林莞熙在厨房里不是炖鸡汤，而是烧炭，自杀。

10 恋父

当林威砸开厨房的玻璃门,把心如死灰的林莞熙抱出来时,他忽然明白她为什么这么做。林莞熙二十五年的人生,一直在反抗中寻找存在感。以前是反抗妈妈,或许有一天成功,或许永远不成功,但好歹是有奔头的。妈妈死后,她又把矛头转到爸爸身上,以反抗他来抵消人生的虚无。现在好了,林威就算撒谎也当不了恶人,她忽然失去了活着的意义,她砸出去的所有仇恨又转头击中自己。她彻底废了。

林威把林莞熙放到沙发上,给露露拨了电话。他要很努力很努力,才能让自己的声音听起来不像哭:"露露,当初你为了拒绝我,说除非我们在10月9号这天结婚,否则你是不会嫁给我的。我明白,只有在今天结婚,我们才能真正从那件事里走出来。可你说得对,熙熙不能走出来,我就不能走出来。现在,婚礼我要取消了,对不起。"

不忍心听露露的回复,林威直接挂断电话。林莞熙哀哀地问:"你把婚礼取消了?"

林威听她问这句时,才醒悟到真的取消了。他在想,他们父女一次次争辩丁妍自杀的真相,可真的有真相吗?如果说道德是相对的,难道真相不也是相对的吗?他怀疑,就算是丁妍本人,在烧炭的最后一刻,她也很难分辨自己这么做的动机究竟是什么。就像林威常常搞不清,事业是体会成就感,还是为了把别人踩在脚下,出轨是追求精神寄托,还是重新证明男人的尊严,生小孩是别人说你要生就生,还是我真的想要。

林威从来没这么累过。他像泄了气,又在使劲鼓足劲那样地说:"我想通了,怎么让你走出去其实不重要。重要的是你是我的女儿,不管怎样,我都会一直陪着你。"林威的话倾盆大雨般淋到她身上。林莞熙分不清是雨水还是泪水,她也要流干了。

林威起身走向厨房:"你不是想吃溏心蛋吗?爸爸这就给你去做。"

到料理台时看到放凉的鸡汤,林威端起碗喝了一口。林莞熙看到也走过去,她把碗里的鸡汤倒了,整锅鸡汤都倒了。

"爸,我以后不想熬鸡汤了。"林莞熙一个字一个字地说。

林威愣住很久。他也一个字一个字地说:"好,再也不熬了。"

林莞熙走到林威身边,他们轻轻地抱在一起。

"你去参加婚礼吧。"林莞熙这次没有赌气。

但林威不是很明白:"那你呢?"

林莞熙诚恳地回："你放心，我还有秦医生。"

突然间，林威胸口像被射了一箭。

很久前，林莞熙无数次想象林威和露露的关系。希望他是浪子随便玩玩，当年轻女孩是胶原蛋白的补剂，用一针扔一针。这样就算有几十个露露，也不能冲击到自己，不过代价是她再也没法相信爱情。可如果爸爸情深义重，是真要一步一个脚印地和露露走下去，那要林莞熙相信爱情，就等于要她不爱爸爸。

后来发现，只要坦白秦医生，就能测试出林威是哪一种态度。如果反对，说明他极其自大。他可以有特权但别人不行，他从心底瞧不起露露，所以他认为女儿在秦医生眼里也一文不值。但如果支持，说明他和露露还有那么点货真价实的东西。当然了，也可能是他不在乎女儿，她下辈子过成什么样都不关他的事。他犯了错，如果看到她也犯了错，那他的愧疚感会减轻很多。

女儿哪种价值观都可以。这取决于爸爸。

林威沉到底地问："你对他是认真的？"

小时候觉得林威不仅冷漠，还口是心非。妈妈总说，你长大了不能找你爸爸那种男人。后来林莞熙确实没找，因为她自己就成了这种人。有时她把一切关系当成博弈，如果流露出过分的情感，就等于袒露内心最柔软的部分，让人去伤害。有时她怕对方承受不住真实的自己，想要的时候说不要，是怕如果说要，别人就不再爱自己了。

突然明白，为什么林威总是记错日子。林莞熙的生日记错，年龄记错，毕业日期记错。不是不在乎，恰恰是他在乎，却又不想表现出在乎。他宁愿顶着被误解的风险，也不愿交出真心被人控制。林莞熙本想恨爸爸。可在恨的过程中她变成了他，恨反而让他们和解了。

最初和秦医生在一起也不是爱，就是报复。不一定要让爸妈知道，心里过瘾就好了。林莞熙是一吵架就要说分手的人，她永远被动，永远逃离，永远抢着在被抛弃前先抛弃。没人教她一家三口可以有说有笑出门旅行，没人给她演示越吵架关系越好的状况。

然而后来，她和他在一起，也忘记是报复。

爱秦医生是因为他知道，她逃避是挽留的意思，拒绝是想要的意思。她说不出口的，他都能帮她说出口。别人走一步看一步，秦医生看十步走一步。

爱秦医生是因为他比她强，不是强一点而是强很多。这样林莞熙不必为超越男友感到内疚。她可以肆无忌惮地越来越强，却不用担心突破男权的本质。

爱秦医生是因为他说，你不该这么刻薄，你爸妈用几十年的心血铺好路，让你安心走在上面，你却还要责备他们不追求自我？如果你妈有你这样的条件，她会和你一样独立。

爱秦医生是因为他不想占有她，不想把她变成附属品。他做的所有，只是为了让她成为更好的自己。尽管冒着她成熟后抛弃他的风险。

爱秦医生是因为她第一次试着把真心交出去。她不得不承认过去不懂爱的自己多么可悲，也承认爱人比被爱更幸福。

可林莞熙不知道怎么和别人解释，那会变成八点档最狗血的故事。

11 轮回

"遇到他之前，我从来不相信爱情，我可以随便找一个人结婚。"林莞熙像蚌壳一样地打开了，"我没办法一边坚守传统的婚姻道德，一边假装你和妈妈背叛彼此是很正常的事。我必须相信人性是多变的，忠贞是伪善的，家庭是不自由的，我才能重新爱你，爱妈妈。"

林威不说话，舌头又想起鸡汤。他想真该死，就算不喝，那个味道还是烙印般地刻在记忆里。

"遇到他之后，我相信爱情了，但我没办法和他结婚。"林莞熙说这话时既快乐又痛苦。快乐是只要想到秦医生就会快乐,痛苦是人生怎么选择都是痛苦。她又说:"最初我还不理解妈妈的悲剧。后来我懂了,这就像我可以和不爱的人结婚,不可以和很爱的人结婚一样。我们都被一种无形的观念框住了,即使意识到还是无法逃脱。妈妈是这样,你是这样,所有人都是。"

林威还是不说话。鸡汤味越来越重,他的喉咙冒了烟似的口干。

"爸。"林莞熙第一次小女孩撒娇般地拖长尾音,"可我现在想试一试,也许我能和秦医生一起走下去。"

"你非要跟他在一起吗?"林威走到桌边拿水杯。

"我不知道。我只是想,找一个和你年纪差不多,脾气差不多的人,是不是能间接地获得你更多的关注?是不是能回到小时候告诉自己,我是值得被爱的?如果幸福得忘记了痛苦感,是不是意味着切断了和你唯一的联系?"林莞熙有些恍惚地说,"跟秦医生在一起,就好像第一次吃到你给我煮溏心蛋的那种感觉。"

"没有谁是离不开谁的。"林威往杯子里倒水。

"可就算离开,我还是会找一个跟他一样的人,你明白吗?"

杯子啪地摔碎在地。"你说什么?"

当一个人依恋的是痛苦感,当爱要以伤害的方式体现,她反反复复地结了疤又撕破，想在这个伤口里找到幸福，却不知真正的出路在伤口之外。可要她离开伤口，她整个人也不存在了。林威怎么能接受林莞熙这样的人生。他怎么能。

林威心口不一地说："我想起来了，你妈妈，她还给你留了一样东西。"

林莞熙兴奋起来："真的吗？"

"你坐好，我给你去拿。"

林莞熙满心欢喜地捂住眼睛，听着爸爸的脚步声进了房间，金石掷地般来来回回，又出了房间。

"爸，你干什么？"她突然尖叫起来。

只见林威用一条红绳死死地把林莞熙绑在椅子上。"爸，你到底在干吗？"

"熙熙，这都是爸爸的错！爸爸一定会帮你把病治好！"

"我没病！"

"你现在都意识不到自己的不正常了！如果你谈恋爱就冲着这类人去，那不是爱情，那就是你心理有问题！熙熙，我这都是为了你好。妈妈不在了，爸爸会照顾你一辈子！你等着，我这就去找露露分手！"

"爸！爸！"

林威夺门而出。离开的刹那，他又回过头："乖，你就在这等我回来。爸爸再给你做一次溏心蛋！"

后记

生活的弱者，文学的暴君

我不知道过早确定人生方向，是一件好事还是坏事。好处在于，当多数同龄人还在迷茫时，我从未质疑脚下的路，早已闷头前进许久。坏处在于，时代风口一次次擦肩而过，我不仅没有置身其中，我所追求的梦想也越发不合时宜。

后来很多年，我一次次回想，为什么在那个初中升高中的夏天，我突然变得和别人不一样了。坐在教室里我无法专心学习，不断走神问自己，做这些题，盯着考试排名不放，到底是为了什么呢。不知道这算一种天赋，还是一种诅咒，从那时起，思考这件事就像一种绝症纠缠着我，到最后，变得和呼吸一样自然。如果此时此刻找不到人生的意义，我无法说服自己继续。有一度，我感觉我要辍学了。

冥冥中被选定的感觉，各种缘由涌上心头，汇成一种本能告诉我，你要当作家。一个和自己过不去的人，适合写作。一个有着疯狂事业心且高度自律的人，适合写作。一个对真相充斥极度渴望的人，适合写作。一个某种程度上抗拒快乐沉浸痛苦的人，适合写作。长期摸索复盘后，我终于接受我和别人的不一样，也确认，写作就是我此生的意义。

一旦决定，便身体力行地去做了，一做就是十二年。当然早期都是瞎写，直到大四，网上发表一篇小说，被"偶像剧教母"柴智屏看中，我才算正式走上作家和编剧的道路。在上海戏剧学院研一读了半年，便跟着柴姐进组写电视剧。杀青后，一是回校准备研究生毕业大戏，二是闭关写小说，这么一晃几年过去了。

其实《空心爱》这本短篇集，早在三年前就该出版，里面收录的小说基本是我二十五岁那年写的。因为当时还想放一个中篇，但没想到写着写着，中篇就成了长篇，又耗了两年。所以这本短篇集拖到现在才出版。我不知道这个年纪再拿这样的作品出来，是不是有点丢人。这也是长大后的醒悟。高一到现在十二年，十二年只做一件事什么体验？没有生不逢时，没有郁郁不得志，如今我终于心平气和地承认，是的，我确认了自己的平庸。

小时候总觉得自己特别，有优越感，但真走上职业道路，只有深深的力不从心。想写得不同，却无法写出不同，想追上审美，但能力永远落后。下笔时当然自恋，甚至到自大的地步，可隔段时间跳出来都不敢回看，更别提拿出去发表了。我就是比别人早出发一点，多努力一点，运气又好那么一点，实际上有什么呢？真的太平庸了。

很长一段时间，我一个字都写不出来，也做不了别的，再次陷入当年想辍学的绝望。可现在没有学可以辍，一个逃避自我的理由都没有，往未来看，除了虚无还是虚无。很难讲后来怎么痊愈的，还是写作吧，说服自己先写下去，每天八小时，累了去趟健身房，回来后继续，把自己压榨得一点不剩。三年青春就这么过来，没什么外在动力，也因为没有，所有力量必须来自内心。

某一刻我突然明白，终点在哪儿不重要了，能不能到达也不重要了，重要的是对抗本身。我可以接受平庸，但不能忍受麻木，日复一日流水作业，这种毫无突围毫无创造的命运，实在太煎熬了。余华说，写作就是回家。每次我在外迷失，被形形色色的人影响，我知道写点东西就好了，就能找回自己了。如果给我很多钱，满足所有的世俗欲望，接下来最想做的是什么，我毫不犹豫说，还是写作。写作真的太快乐了。

话扯远了，还是回到短篇集本身。虽然稚嫩，但里面有些东西关乎青春。近乎纯粹的情感，未经污染的自由，不受约束的思想，这些错过就是错过了。文如其人，作品是作家的第二张脸。随着年龄增长，人只会世俗理智，趋近平和。写《一个女人的死亡之谜》时这种感觉最强烈，我知道再不写，那种尖锐残酷的力量，这辈子都写不出来了。后来写长篇，底色依然清醒，但笔调上治愈很多，算是悲喜交加，为什么有这种转变，我想留到长篇出版时再说。

我最爱的电影是诺兰导演的《蝙蝠侠：黑暗骑士》，其中希斯·莱杰演的小丑，深深震撼并影响了我。我喜欢当那个在人群里清醒的人，那个冷不丁站出来戳穿真相的人，那个俯身凝望人性深渊的人。这种社会角色，内心可能承受巨大的孤独和伤痛，但我确定，这是我擅长的事。

这也是为什么，真正的强者不大会去写作，因为在写之前，他们已自行解决生活的困苦。文学显得无用，使人脆弱，甚至是世俗幸福的障碍。王安忆曾说，基本上失败的人才会去当作家，作家都是在生活里很无能的人。确实，无法消化现实，才要到文字里寻求精神解脱，也因此，生活里的弱者，往往是文学里的暴君。

不管是揭露真相的作家，还是目睹真相的读者，双方都不怎么快乐。可我想人活这一生，除了寻求快乐，还在寻求理解，甚至后者比前者更珍贵。人生很多困境从古至今都无法解决，但一句我懂你，就足以让人宽慰。一想到有机会做那个懂别人的人，我就觉得活着还有那么点价值。

最后想感谢一路陪伴的家人和朋友，没有他们的支持，我毫无底气选择写作。感谢人生引路人柴智屏柴姐，上海戏剧学院的陆军老师，西安交通大学的杨江华老师。也感谢上海文艺出版社的编辑老师，能给我机会出版。当然，更要感谢多年来关注我的读者朋友，终于要出书了，抱歉，让大家久等。

周苏婕
2022 年 2 月 18 日

图书在版编目（CIP）数据

空心爱 / 周苏婕著. -- 上海：上海文艺出版社,2022
ISBN 978-7-5321-8206-0
Ⅰ.①空… Ⅱ.①周… Ⅲ.①短篇小说－小说集－中国－当代
Ⅳ.①I247.7
中国版本图书馆CIP数据核字(2022)第151639号

发 行 人：毕　胜
责任编辑：李伟长
封面设计：丁旭东
封面插画：何舣舟

书　　名：空心爱
作　　者：周苏婕
出　　版：上海世纪出版集团　上海文艺出版社
地　　址：上海市闵行区号景路159弄A座2楼 201101
发　　行：上海文艺出版社发行中心
　　　　　上海市闵行区号景路159弄A座2楼206室 201101 www.ewen.co
印　　刷：苏州市越洋印刷有限公司
开　　本：1240×890 1/32
印　　张：7.875
插　　页：2
字　　数：138,000
印　　次：2022年9月第1版 2022年9月第1次印刷
Ｉ Ｓ Ｂ Ｎ：978-7-5321-8206-0/I.6483
定　　价：52.00元
告 读 者：如发现本书有质量问题请与印刷厂质量科联系　T:0512-68180628